Tucholsky Wagner Zola Scott Sydow Freud Schlegel
Turgenev Wallace Fonatne

Twain Walther von der Vogelweide Fouqué Friedrich II. von Preußen
Weber Freiligrath Frey

Fechner Fichte Weiße Rose von Fallersleben Kant Ernst Frommel
Richthofen

Engels Fielding Hölderlin Tacitus Dumas
Fehrs Faber Flaubert Eichendorff

Feuerbach Maximilian I. von Habsburg Fock Eliasberg Zweig Ebner Eschenbach
Ewald Eliot Vergil

Goethe Elisabeth von Österreich London
Mendelssohn Balzac Shakespeare Dostojewski Ganghofer
Lichtenberg Rathenau
Trackl Stevenson Doyle Gjellerup
Mommsen Tolstoi Hambruch
Thoma Lenz Hanrieder Droste-Hülshoff
Dach von Arnim Verne Hägele Humboldt
Reuter Hauff
Karrillon Rousseau Hagen Hauptmann Gautier
Garschin

Damaschke Defoe Hebbel Baudelaire
Descartes

Hegel Kussmaul Herder
Wolfram von Eschenbach Dickens Schopenhauer
Darwin Rilke George
Bronner Melville Grimm Jerome
Campe Horváth Aristoteles Bebel Proust

Bismarck Vigny Barlach Voltaire Federer Herodot
Gengenbach Heine

Storm Casanova Tersteegen Grillparzer Georgy
Chamberlain Lessing Langbein Gilm Gryphius
Brentano Lafontaine
Strachwitz Claudius Schiller Kralik Iffland Sokrates
Bellamy Schilling

Katharina II. von Rußland Gerstäcker Raabe Gibbon Tschechow

Löns Hesse Hoffmann Gogol Wilde Gleim Vulpius
Luther Heym Hofmannsthal Klee Hölty Morgenstern
Roth Heyse Klopstock Goedicke
Luxemburg Puschkin Homer Kleist
La Roche Horaz Mörike Musil
Machiavelli
Navarra Aurel Musset Kierkegaard Kraft Kraus
Nestroy Marie de France Lamprecht Kind Kirchhoff Hugo Moltke

Nietzsche Nansen Laotse Ipsen Liebknecht
Marx Ringelnatz
von Ossietzky Lassalle Gorki Klett Leibniz
May vom Stein Lawrence Irving
Petalozzi Knigge
Platon Kafka
Sachs Pückler Michelangelo Kock
Poe Liebermann
de Sade Praetorius Mistral Zetkin Korolenko

Der Verlag tredition aus Hamburg veröffentlicht in der Reihe **TREDITION CLASSICS** Werke aus mehr als zwei Jahrtausenden. Diese waren zu einem Großteil vergriffen oder nur noch antiquarisch erhältlich.

Symbolfigur für **TREDITION CLASSICS** ist Johannes Gutenberg (1400 — 1468), der Erfinder des Buchdrucks mit Metalllettern und der Druckerpresse.

Mit der Buchreihe **TREDITION CLASSICS** verfolgt tredition das Ziel, tausende Klassiker der Weltliteratur verschiedener Sprachen wieder als gedruckte Bücher aufzulegen – und das weltweit!

Die Buchreihe dient zur Bewahrung der Literatur und Förderung der Kultur. Sie trägt so dazu bei, dass viele tausend Werke nicht in Vergessenheit geraten.

Scherze, Anekdoten, kurze Geschichten und Lehrreiches

ZZZ- Verschiedene Autoren

Impressum

Autor: ZZZ- Verschiedene Autoren
Umschlagkonzept: toepferschumann, Berlin

Verlag: tradition GmbH, Hamburg
ISBN: 978-3-8495-3741-8
Printed in Germany

Text der Originalausgabe

Verschiedene Autoren

Anekdoten, Scherze, kurze Geschichten und Lehrreiches

aus:

»In Freien Stunden«

Eine Wochenschrift
Romane und Erzählungen für das arbeitende Volk.

Elfter Jahrgang. 2. Halbjahresband.

Berlin 1907.

Verlag:
Buchhandlung Vorwärts, Berlin SW.

(Ernst Preczang, Zingst.)

Verantwortlicher Redakteur:
E. Preczang, Zingst.

Verlag:
Buchhandlung Vorwärts, Berlin.

Druck:
Vorwärts Buchdruckerei und Verlagsanstalt

Anekdoten

Der Frack.

Der alte Arzt eines kleindeutschen Fürsten wurde mitten in der Nacht zur Hoheit gerufen, die sich nicht ganz wohl zu befinden geruhten. Bei der Tür vor dem Schlafzimmer hält der Kammerdiener erschrocken den eiligen Arzt auf, der im einfachen Winterrock eintreten wollte. »Aber, Herr Doktor, ohne Frack! Was wird die Hoheit dazu sagen?« flüsterte der Kammerdiener, der Arzt, berühmt wegen seiner derben Ausdrucksweise, dreht sich ruhig um, nach Hause zu gehen. »Aber die Hoheit!« jammerte der Kammerdiener. »Seien Sie unbesorgt,« ruft im Weggehen der Doktor, »ich werde meinen neuen *Frack* schicken, vielleicht verschreibt *der* ein gutes Rezept!«

*

Aberglaube.

Von Totengräbern glaubt man noch vielfach in Süddeutschland, daß sie immer genau wissen, wenn jemand abscheiden wird – es rühren sich dann einige Tage vorher Picken und Schaufeln in ihrer Kammer, auch wirft wohl eine geheimnisvolle, unsichtbare Hand das Seil über die Stube hin. So sind sie denn so gefürchtete Leute, daß sich schüchterne Kinder mit ihnen zu sprechen nicht unterfangen. In gleichem Geruche stehen auch die Tischler, ihnen wird sogar die Kunde zugeschrieben, zu wissen, ob sie bald für ein Kind oder einen Erwachsenen einen Sarg anzufertigen haben. Raffelt (rührt) es sich nämlich im Bratrohre, so stirbt ein Kind – die »6 Bretter und 4 Brettchen« für die Kleinen werden ja im Bratrohre getrocknet. Wenn sich aber die Bretter bewegen, welche zu großen Särgen benutzt werden sollen, der Hobel, welcher zur Anfertigung der Truhen benutzt wird, oder die Säge erklingt, dann wird bald das letzte Stündlein für einen Erwachsenen gekommen sein. Die Seele des Verstorbenen pocht an seine Tür, ihm anzuzeigen, daß er einen Sarg zu fertigen habe. Auch ist dem Totengräber wohl bewußt, wenn beim Einlassen des Sarges Steine nachrollen, sowie dem Tischler, wenn sich beim Schließen des Sarges ein gewisser unheimlicher Ton vernehmen läßt, daß dem Dahingeschiedenen bald ein Familienmitglied folgen werde. Solche Vorboten heißen Onzoiges (Anzeichen) im Böhmerwalde, dessen Bewohner noch an unzähligen abergläubischen Satzungen und Gebräuchen festhalten, die, teilweise dem Heidentum entstammend, ein Alter von 2000 Jahren und darüber aufzuweisen haben.

*

Höflichkeit.

Zwei Bekannte treffen sich auf der Straße und gehen zusammen in ein Pariser Boulevard-Restaurant, um dort zu essen. Sie lassen als gute Bekannte zusammen servieren, Poulets, und der Kellner bringt ein »halbes Huhn« auf einem Teller. Dieses »halbe Huhn« besteht aus einem Flügelstück und einem Rückenstück, Nun begannen sich die beiden zu bekomplimentieren, einer bot dem andern an:

»Bedienen Sie sich!«

»Aber, ich bitte Sie –«

»Bitte, nach Ihnen!!«

»Aber, wie werde ich denn!«

So geht es noch eine Weile, und endlich entschließt sich der eine, dem »grausamen Spiele« ein Ende zu machen, und er nimmt den Flügel! Der andere muß sich also mit dem Rückenstück begnügen, und man sieht ihm an, daß er sich darüber »verdrießen möchte«. Er quält sich die Bissen hinein und der Humor ist völlig geschwunden. Er steckt die Nase so tief in den Teller, daß ihn der Freund fragt:

»Fehlt Ihnen irgend was?«

»Mir? Durchaus nicht!«

»Aber doch, und ich wette, daß das wegen des Flügelstückes ist – «

»Nun ja denn, es ist deswegen, ich kann nicht finden, daß Sie sehr delikat gehandelt haben.«

»Inwiefern?«

»Aber gewiß, wenn man sich zuerst bedient, nimmt man sich nicht das schönste Stück –«

»Aha, seht mal, also genieren soll man sich, Sie hätten es doch ebenso gemacht wie ich – –«

»Gott bewahre, wenn ich mich zuerst bedient hätte, wäre ich ganz anders verfahren!«

»Und was hatten Sie denn getan?«

»Ich hätte das Rückenstück genommen!«

»Na, das haben Sie jetzt auch gekriegt, was jammern Sie denn?«

*

Nach hohem Beispiel.

Eine amüsante Anekdote wird von dem Verdienstvollen französischen Arzt Professor Budin erzählt. Budin war ein ausgezeichneter Gelehrter und ein geistvoller Kopf, der über eine seine Ironie gebot. Er war mit Eifer dafür eingetreten, bei schwierigen Entbindungen Chloroform anzuwenden und hatte dabei nicht nur den Widerstand einiger Kollegen gefunden, sondern mußte auch den Tadel einiger Personen über sich ergehen lassen, die religiöse Bedenken gegen dieses Verfahren hatten. Eines Tages gab ihm eine sehr fromme Dame ihre Meinung darüber sehr deutlich zu verstehen, worauf Budin mit seinem Lächeln erwiderte: »Wie, Sie, die fromme Christin, wollen nicht zugeben, daß ich die Mütter, um ihnen Hilfe zu bringen, einschläfere?« – »Natürlich nicht!« – »Das ist aber merkwürdig unehrerbietig gegen den lieben Gott, der die Anästhesie (Gefühllosmachung) in gleichem Falle auch angewendet hat.« – »Wieso denn?« – »Wissen Sie denn nicht, daß er Adam einschläferte, um Eva zur Welt zu bringen? Ich folge doch nur seinem Beispiel!«

*

Arzt-Honorare.

Der Pariser Arzt Dr. Doyen geriet vor nicht langer Zeit mit einem amerikanischen Millionär wegen seines Honorars von 80 000 Mark in Streit. Der Preis mag manchem recht ungeheuerlich vorkommen, indes die englische Wochenschrift »Modern Society« weiß von noch ganz anderen Honoraren für ärztliche Hilfeleistungen zu berichten. Einige der höchsten Honorare, schreibt sie, haben Aerzte von Mitgliedern königlicher Familien erhalten. Die Kaiserin Katharina von Rußland fürchtete sich sehr vor den Pocken, und sie gab dem englischen Arzt Thomas Dimsdale dafür, daß er sie geimpft hatte, 280 000 Mark in bar, eine Leibrente von 16 000 Mark, 40 000 Mark für seine Reisekosten von London nach Petersburg und verlieh ihm die Würde eines Staatsrates und Barons. Der französische Nervenarzt Professor Charcut erhielt von Dom Pedro von Brasilien 40 000 Mark für eine einzige Konsultation, zu der er allerdings eine Reise von Paris nach Aix-les-Bains machen mußte, wo der Kaiser gerade weilte; von Cornelius Vanderbilt soll Charcot sogar noch höhere Honorare bekommen haben. Der italienische Arzt, der bei der Geburt des kleinen Prinzen von Piemont seine Hilfe leistete, erhielt ein noch größeres Honorar, und der dankbare Zar soll sogar 200 000 Mark für die Geburtshilfe bei der Geburt des Zarewitsch gegeben haben. ... In England ist es üblich, das ärztliche Honorar in Guineen zu berechnen, deren Wert 21,50 Mark beträgt, nicht in Sovereigns (Pfund), die nur 20,13 Mark zu rechnen sind. Das hat schon oft zu Auseinandersetzungen Anlaß gegeben. So hielt besonders Sir William Jenner darauf, daß man ihm sein Honorar in Guineen zahlte. Einmal bekam er von einer bekannten Herzogin-Witwe einen Briefumschlag, der, wie er fühlte, nur zwei Sovereigns enthielt, so daß also an den zwei Guineen zwei Shillings fehlten. Er setzte sofort seine Brille auf, bückte sich und sah suchend auf dem Fußboden umher. »Haben Sie etwas verloren, Sir William?« fragte die adlige Dame. »Ich suche die beiden Shillings, die Sie augenscheinlich haben fallen lassen, Herzogin!« erwiderte der Arzt zornig.

*

Weisheitsworte.

Die Religionen Müsen alle Tolleriret werden und Mus des Fiscal nuhr das Auge darauf haben, das keine der andern abrug Tuhe, den hier mus ein jeder nach seiner Fasson Selich werden.

Friedrich II.

Ein abergläubischer Staatslenker.

Von dem unrühmlichst bekannten österreichischen Minister Metternich wird berichtet, daß er in keine Unternehmung von Wichtigkeit eingetreten sei, ehe er nicht sein Kartenorakel befragt hatte. Dieses Orakel (Weissagung) bildete ein Patiencespiel. Ging die Patience auf, dann begab sich Metternich an die Geschäfte, mißglückte dagegen das Spiel, so verschob er seine Arbeit, die betreffende Besprechung oder was es sonst sein mochte, auf einen anderen Tag. Es soll oft vorgekommen sein, daß ein Gesandter ungeduldig im Vorzimmer wartete, während der »große Minister« Oesterreichs in seinem Kabinett das Geduldspiel legte. Und wollte es nun das Schicksal, daß die Patience nicht aufging, dann ließ sich Seine Exzellenz »dringender Staatsgeschäfte halber« entschuldigen, und der Gesandte hatte umsonst geharrt. Woraus das dumme Volk wieder einmal sieht, mit wieviel Verstand die Welt regiert wird.

Auch ein Hauptmann.

Der Ruhm des schon beinahe vergessenen »Köpenicker Hauptmanns« hat einige Engländer nicht schlafen lassen. Sie haben herausgebracht, daß auch sie mit einer ähnlichen Berühmtheit aufwarten können. In englischen Blättern las man: Es ist schon eine Reihe von Jahren her, als eines Tages plötzlich ein eleganter Herr von militärischem Aussehen im Polizeibureau des friedlichen Städtchens Boston in der Grafschaft Lincoln erschien und den Polizeichef zu sprechen verlangte. Er stellte sich ihm als Hauptmann L. vor und gab an, er habe für die Einquartierung von 500 Soldaten und Offizieren zu sorgen, die am nächsten Tage in Boston einträfen. Der Beamte führte hierauf den vermeintlichen Hauptmann zu dem Bürgermeister, der sofort Vorbereitungen treffen ließ, die Truppen festlich zu empfangen. Inzwischen suchte der Hauptmann, vom Polizeichef begleitet, die vornehmsten Hotels ab, um Zimmer für die Offiziere zu bestellen und traf eine Unzahl von Anordnungen, unter anderen auch, daß einige gut gemästete Schweine geschlachtet werden sollten. Die Hoteliers zeigten sich auch ebenso dienststeifrig, wie der Metzger. Der Bürgermeister hatte sich unterdessen entschlossen, mit den Stadträten und Honoratioren der Stadt, soweit sie reiten konnten, hoch zu Roß den Truppen entgegen zu eilen. In aller Frühe also ritten die Väter der Stadt mit dem Herrn Bürgermeister an der Spitze im feierlichem Aufzuge aus und kamen bis nach Kirton, einem Städtchen südlich von Boston. Dort warteten sie einige Stunden, doch keine Truppen ließen sich sehen. In etwas gedrückter Stimmung ritten sie endlich heim. Als sie nun endlich Verdacht schöpften und genauer zusahen, stellte sich heraus, daß der Hauptmann zahlreiche Schecks eingelöst hatte, die sämtlich gefälscht waren. Die guten Bostoner waren einem Schwindler auf den Leim gegangen, und die heiterste Seite der Sache war, daß der Polizeichef in eigener Person am meisten zum Gelingen des Streiches beigetragen hatte.

*

Das Gemüt einer Katze.

Man sagt immer, daß Katzen undankbar seien und kein Herz hätten. Als Gegenstück berichtet ein französisches Blatt folgendes: Pousy, die Lieblingskatze von Louis Blanc, dem bekannten sozialistischen Arbeiterführer, welche jeden Abend ihren Herrn an der Treppe erwartete, wenn er von der Kammersitzung zurückkehrte, starb aus Gram über den Tod desselben. Sie nahm weder Speise noch Trank zu sich, bis der Hunger sie tötete.

*

Diplomatie

In seiner » *Hohenzollernlegende*« (Verlag Buchhandlung Vorwärts) schildert Genosse Maurenbrecher, wie Friedrich II. den Eroberungszug nach Schlesien in Szene setzte. Es war mehr ein Ueberfall als ein ehrlicher Krieg, da der Besetzung jener österreichischen Provinz keine Kriegserklärung, nicht einmal eine diplomatische Aktion vorausgegangen war, Friedrich bemühte sich im Gegenteil, alle Welt zu täuschen. Während die Truppen bereits den Befehl erhalten hatten, zu marschieren – mit Marschroute nach Halberstadt, um die Richtung des Ziels zu verdecken – führte er in Rheinsberg das ausgelassenste Leben, als denke er gar nicht daran, den Frieden ir-gendwie zu stören. Bezeichnend für diese Art der Diplomatie ist ein Brief, den wir in der »Hohenzollernlegende« abgedruckt finden, Friedrich schrieb in jenen Tagen aus Rheinsberg an einen Freund:

»Es gibt nichts Leichtfertigeres als unsere Beschäftigungen. Wir quintessenzieren Oden, radebrechen Verse, treiben Gedankenanatomie, und bei alledem beobachten wir pünktlich die Nächstenliebe. Was tun wir noch? Wir tanzen bis uns der Atem ausgeht, schmausen, bis wir platzen, verlieren unser Geld im Spiel und kitzeln unsere Ohren durch weiche Harmonien, die, zur Liebe lockend, wieder andere Kitzel erregen. Ein Hundeleben! werden Sie sagen, nicht von dem Leben hier, sondern von dem, das Sie in Kummer und Leiden führen. Genesen Sie von den Wunden der Cythere (Göttin des Liebesgenusses), wenigstens lassen Sie uns von Ihrem Geiste Nutzen haben, wenn die Mädchen keinen von Ihrem Körper haben können.« –

Das war Ende November. Am 16. Dezember überschritten die Truppen die schlesische Grenze, am 3. Januar ergab sich Breslau, am 8. Januar Ohlau, am 9. März Glogau. Nur die Festungen Neiße und Brieg hielten sich noch. Und erst im März 1741 kam ein österreichisches Heer zum Entsatz herbei! Zu spät und zu schwach, um die Eroberung Schlesiens durch Friedrich verhindern zu können.

*

Drei Reben.

Drei Reben trägt der Weinstock; die eine bringt die Lust, die andere die Last, die dritte die Freveltat.

Epiktet.

*

Sankt Bureaukratius in Rußland.

Auf einem Polizeibureau in Moskau erschien neulich eine bekannte Opernsängerin, um sich, da sie für einige Zeit verreisen wollte, ihren Paß revidieren zu lassen. Der diensttuende Polizeibeamte begrüßte die Künstlerin in der höflichsten Weise und sagte: »Sie müssen Ihr Gesuch schriftlich einreichen,« – »Schriftlich?« rief die Dame, »Muß denn das wirtlich sein?« – »Es ist unerläßlich, meine Gnädige. Damit Sie aber nicht erst viel Zeit verlieren, können Sie das Gesuch gleich hier schreiben.« Sprach's, reichte ihr in liebenswürdigster Weise ein Blatt Papier hin und fuhr dann fort:»Schreiben Sie nur, ich will Ihnen alles diktieren.« Die Sängerin schrieb, unterzeichnete, steckte das Gesuch in einen Briefumschlag und fragte:»Was habe ich jetzt zu tun?« – »Nichts, als das Gesuch abzugeben, gnädige Frau,« – »Wem denn?« – »Mir,« Und er streckte die Hand aus und nahm feierlich den Briefumschlag aus den Händen der überraschten Künstlerin. Dann setzte er eine Amtsmiene auf und dazu seinen Kneifer auf die Nase, öffnete den Briefumschlag und las mit der größten Aufmerksamkeit, was er selbst einen Augenblick vorher diktiert hatte. Nachdem er damit fertig war, versah er das Papier mit einer Aktennummer und ordnete es ein; dann wendete er sich wieder an die Sängerin, die kopfschüttelnd und ungeduldig das umständliche Verfahren beobachtet hatte, und sagte:»Ich habe Ihr Gesuch gelesen, gnädige Flau, und bedaure, Ihnen sagen zu müssen, daß ich den verlangten Urlaub nicht bewilligen kann ...«

*

Der Ehestand.

Der Ehestand gleicht einer Baßgeige, sie ist der Grundton des Lebens; die Liebe bläst die Flöte, die Kinderchen die Querpfeife, die Nachbarn die Trompete; Hörner sind überflüssig.

J. *Weber.*

*

Der Humor.

Dem Humor ist ein großes Feld erschlossen; Dummheit und Beschränktheit, Pfaffentum und Philistertum, Heuchelei und Schmeichelei, Kleinstädterei und Windmacherei, Grillen und Schrullen, Marotten und üble Angewöhnungen: sie können sich dem scharfen Auge des Humors nicht entziehen. Alles Kleine und Schlechte, Aermliche und Erbärmliche liegt enthüllt wie ein aufgeschlossenes Buch vor ihm.

Löwenstein.

Schweichel und Miquel.

Die »Frankfurter Zeitung« teilte ihren Lesern die folgende Episode aus dem Leben unseres kürzlich verstorbenen Genossen Schweichel mit: Es war zu einem Pressefest, das unsere Stadt einmal unter ihrem damaligen Oberbürgermeister Miquel gab. Miquel lehnte sich behaglich, mit einer Nachbarin plaudernd, in einen der bequemen Lehnstühle zurück, die unser »Zoo« für seine Haupt- und Ehrengäste bereitgestellt hatte. Da legte sich eine Hand auf seine Schulter und ein weißhaariger, interessanter Männerkopf beugte sich zu dem Erstaunten nieder. »Sie kennen mich nicht mehr?« fragte Robert Schweichel, denn dieser war es. Unser Stadtoberhaupt sah ein wenig verdutzt und um eine Antwort verlegen drein, doch bevor er eine solche fand, fuhr Schweichel fort: »Schau, schau – Oberbürgermeister und so kurz von Gedächtnis! Im Jahre 1848, auf den Barrikaden, – da haben wir beide doch Seite an Seite gestanden!« – Nun aber lächelte Miquel sein diskretes Diplomatenlächeln. »Ja, richtig! Jugendtorheiten, Jugendideale!« sagte er, den Kampflustigen fein abwehrend. Doch der ließ nicht locker. »Ich, mein Herr Oberbürgermeister, blieb ihnen treu, den Jugendidealen – Sie aber sollen ja Minister werden, wie ich höre!« Und hocherhobenen Hauptes ging Robert Schweichel weiter. Miquel aber sah ihm nach und ich wünschte mir nur, ich hätte schon damals einen Photographischen Apparat besessen, um das Gesicht »knipsen« zu können, mit dem unser Stadtoberhaupt sein ironisches »Phantast!« dem Enteilenden nachmurmelte.

*

Pferdeverstand.

Ueber die geistige Befähigung des Pferdes ist schon viel geschrieben und gestritten worden. Daß es zu den intelligentesten Tieren gehört, wird niemand leugnen. Merkwürdig ist schon sein Erkennungsvermögen: es hört am Schritt, wann sein Herr naht, dem es entgegenwiehert, sich an ihn schmiegt, seine Hände leckt und ihn mit glänzend belebten Augen betrachtet, die seine Freude erkennen lassen. Aber auch Zeit- und Ortssinn sind dem Pferde in hohem

Maße eigen. Häufig vermag es Ursache und Wirkung zu unterscheiden, sich Urteile und Schlüsse zu bilden. Wahrhafte Ueberlegung zeigte z. B. eine Herde Pferde, welche im April des Jahres 1794 auf der Elbinsel Krautsand plötzlich von der Springflut überrascht wurden und ihr nicht wie die Rinder durch Schwimmen entrinnen konnten, weil sie ihre Füllen bei sich hatten. In dieser kritischen Lage zogen sich die Pferde wiehernd in einen Kreis zusammen, und je zwei von den Alten drängten die Füllen zwischen sich hinaus über das Wasser. So standen sie mutvoll und unbeweglich, bis nach sechs Stunden die Ebbe eintrat.

*

Türkische Ehrlichkeit.

Vom Sultan Abdul Hamid sagt man, er wisse ganz gut, daß eine ganze Anzahl seiner Diener, die wichtige Staatsämter bekleiden, ebenso habgierig wie unfähig ist; da er aber, wie man in der Türkei zu sagen pflegt, den Hunden die krummen Beine nicht gerade machen kann, begnügt er sich manchmal damit, die hochgestellten Räuber zur Zielscheibe seines Witzes zu machen. Eines Tages hatte der Großvezier ein Essen gegeben, zu dem einige Offiziere der Palastgarde Einladungen erhalten hatten; einer von diesen erzählte tags darauf dem Sultan die Wundertaten eines Derwischs, der nach dem Essen die Gäste durch Zauberkunststücke unterhalten hatte, »Würden Sie es für möglich halten, Sire, daß der arme Derwisch mehrere silberne Löffel verschlang?« – »Und das halten Sie für eine so große Tat?« antwortete Abdul Hamid, »Was würden Sie erst zu meinem Marineminister Hassan Pascha sagen, der, ohne auch nur eine Miene zu verziehen, ganze Panzerschiffe hinunterschluckte?« Es war damals allgemein bekannt, daß der Marineminister das für die Schiffe bestimmte Geld für seinen Harem verwandte.

*

Bühnensorgen.

Die wenigsten Leute haben einen Begriff davon, was für Mühen, Sorgen und Kosten den großen Theatern durch die Aufführung eines neuen Stückes verursacht werden, André Antoine, der Direktor eines hervorragenden Pariser Theaters, hat über dieses Thema einiges in einer Zeitschrift veröffentlicht. Allerdings meint er, daß das Publikum recht habe, wenn es die Schwierigkeiten der Inszenierung nicht berücksichtige, sondern in seinem Urteil nur danach frage, was wirklich geleistet worden sei, »Was geht es den Zuschauer im »Julius Cäsar« (Drama von Shakespeare) an,« so schreibt er, »daß ich ganze Nächte mit dem Dekorationsmeister verhandelt habe; daß ich zweimal nach Rom gefahren bin; daß ich die Gefahren der Seekrankheit auf mich genommen habe, um in London eine Darstellung des »Julius Cäsar« durch Beerbohm-Tree zu sehen; daß ich schon vor 15 Jahren mich einen ganzen Juni lang, in Brüssel gelangweilt habe, weil ich die Vorstellungen der Meininger im Monnaie-Theater besuchen wollte; daß mein armer Freund de Gramont zehn Jahre an seiner fertigen Uebersetzung gearbeitet hat; daß der Dekorationsmeister während der Siedehitze des letzten Juni unter einem Glasdach geschwitzt hat, anstatt an dem Meeresstrande Erholung zu suchen; daß zwei meiner braven Maschinisten während der Kulissenproben fast einen Todessturz getan haben usw. All diese zahllosen Sorgen, Verdrießlichkeiten und verantwortungsvollen Aufgaben braucht das Publikum in der Tat nicht zu wissen. Das ist nun einmal unser Beruf ... Ob man sich wohl auch eine rechte Vorstellung davonmacht, wieviel Leute an einer Aufführung, wie der des »Julius Cäsar«, mitgearbeitet haben? An den Dekorationen haben 20 Tischler drei Monate lang gearbeitet, der Dekorationsmeister hat gleichfalls 20 Kunsthandwerker gut zwei Monate lang mit den Malerarbeiten beschäftigt. Der Leinwandhändler hat fast 4500 Meter Stoff geliefert, der Holzhandler 2000 Meter Balken. An den Kostümen haben in den Monaten Juli und September 25 Arbeiterinnen gearbeitet. Dazu kommen die Perückenarbeiter, die Schuhmacher, die Waffenarbeiter, die Stricker, die Friseure, kurz, es ist nicht zu hoch gegriffen, wenn man sagt, daß alle diese verschiedenen Lieferanten gegen 190 Arbeiter mehrere Wochen lang für die eine Aufführung beschäftigt haben. Für die täglichen Aufführungen des »Julius Cäsar« muß das Odéon-Theater ein Personal von 45 Schauspielern, 250 Statisten, 60 Musikern, 70 Maschinisten und etwa 100 Angestellten (Kontrolleure, Ankleider, Türschließerinnen usw.) aufbieten. Aus alledem wird man sich eine Vorstellung machen können, was für einen ungeheuren Apparat die Aufführung eines großen Stückes, wie des »Julius Cäsar«, erfordert.«

*

Sprichworte.

Angeborene Mängel kann man nicht aus- und einsehen wie der Glaser die Fenster.

Wer verzagt ist im Bitten, macht den andern beherzt im Abschlagen.

Man braucht sieben Lügen, um eine Lüge zu bestätigen.

Um eines Hufeisens willen verdirbt oft ein Pferd„

> Kommt ein Ochs in fremdes Land,
> Wird er gleich als Rind erkannt.

Den Bauern riecht der Mist für Bisam.

Ein Steckenpferd frißt mehr als hundert Ackergäule.

Der Fuchs ändert den Balg und behält den Schalk.

*

Seeräuberstreiche.

Die Piraterie gehört keineswegs schon ganz der Vergangenheit an, wie manche Leute annehmen. In den südchinesischen Gewässern namentlich soll die Seeräuberei noch in schönster Blüte stehen. Erst vor nicht langer Zeit erregte ein frecher Handstreich großes Aufsehen. Eine Bande von Piraten überfiel die Barkasse eines großen Dampfers, nahm den Passagieren und der Mannschaft alles ab und knebelte und fesselte sie. Dann benutzten die Banditen das erbeutete Boot, um ein größeres zu entern, und mit diesem wagten sie sich an das Fahrzeug des »Salt Kommissioner« und erbeuteten mehr als 40000 Mark. Nun wird von einem neuen Raubversuch berichtet. Der von Kapitän C.E. Page befehligte Dampfer »Chang Wai« verließ Hongkong und erreichte am nächsten Abend Shiu Hing. Hier kam eine so große Zahl chinesischer Passagiere an Bord, daß der Kapitän Verdacht schöpfte. Er befahl daher seiner chinesischen Besatzung, die neuen Gäste zu durchsuchen, eine Vorsicht, die seit dem Ueberhandnehmen des Piratentreibens allgemein angewandt wird. Etwa dreißig der Schar weigerten sich, sich der Prüfung zu unterwerfen, und sieben zogen Revolver. Der Kapitän verlor indessen seine Kaltblütigkeit nicht. Er beauftragte zwei seiner Leute, ihn mit ihren Gewehren zu decken, begab sich unauffällig unter die Menge, und in einem günstigen Moment erfaßte er den Wortführer, entwaffnete ihn im Handumdrehen und führte den Ueberrumpelten zum Hinterdeck. Diese entschlossene Tat verblüffte die Bande. Die »Chang Wai« ging unter Dampf, steuerte dem deutschen Kanonenboot »Tsingtau« entgegen und signalisierte den Tatbestand. Das deutsche Schiff setzte seine Boote aus und schickte eine Abteilung Matrosen an Bord des »Chang Wai«. Aber als man nun ins Zwischendeck hinunterdrang, um die Bande zu überwältigen, zeigte sich, daß die vom Kapitän aufgestellten Wachtposten die Piraten hatten entwischen lassen. Durch eine Luke waren sie in ein leeres Landungsboot, das längsseits lag, gestiegen und in der Dunkelheit spurlos entkommen. Der vom Kapitän festgenommene Wortführer entpuppte sich als ein berüchtigter Bandenführer. Er wurde enthauptet.

*

Vergebliche Müh'.

Keine Zeit und keine Macht ist imstande, den Wunsch nach Freiheit zu unterdrücken.

Macchiavelli.

*

Höfische Sitten von ehemals.

Als der Baron v. Pölnitz auf seinen vielen Reisen auch zum Kurfürsten von der Pfalz nach Heidelberg kam, wurde er vor das bekannte riesige Faß, den Stolz des Kurfürsten, geführt und ihm ein großer Humpen Weins als Willkommen gereicht. Dem Baron ward bange, denn als Kavalier mehr in den Künsten der französischen Galanterie erfahren, verstand er sich nicht so auf das Trinken wie die Herren vom Rhein. Gleichwohl wollte er sich nicht beschämen lassen, sondern trank tapfer und erspähte zugleich den glücklichen Augenblick, wo der Kurfürst sich einmal umwandte und schüttete den größten Teil seines Pokals zu Boden. Immer stärker aber wurde ihm zugesetzt, die »dames« nippten auf sein Wohl, und der geängstigte Höfling, der seine Kräfte schwinden fühlte, entschlüpfte in einem unbewachten Moment unter das Faß. Der Kurfürst indessen Vermißte alsbald seinen Gast und befahl, ihn »tot oder lebendig« zurückzubringen. Ein Page entdeckte endlich den Baron, dieser wurde vorgezogen und im Triumphe vor den Kurfürsten geführt, welcher seine Tochter und deren weiblichen Hofstaat zu Richterinnen über den Ausreißer ernannte. Trotz seines Protestes ward er verurteilt, sich zu Tode trinken zu müssen. Dieses Urteil änderte der Kurfürst jedoch »im Gnadenwege« dahin ab, daß Pölnitz vier große Faßgläser Weines, jedes zu einem halben Maß, leeren solle. Also geschah es, und – wenn auch nicht das Leben – so verlor der Verurteilte doch Sprache und Besinnung. Als er nach geraumer Zeit wieder zu sich kam und seinen Rausch ausgeschlafen, erfuhr er zu seiner großen Genugtuung, daß es seinen Richtern und Klägern nicht besser ergangen sei als ihm selbst, »und der Kurfürst samt seiner durchlauchtigsten Tochter und denen Hoffräuleyns in einem wesentlich andern Zustand das Gewölbe verlassen hatten, denn sie dasselbe betreten.«

*

Ein Rat.

Liebe und heirate! Wenn du liebst, wo du nicht heiratest, wirst du leicht heiraten, wo du nicht liebst, und dann wünschen, weder geliebt noch geheiratet zu haben.

J. Weber.

*

Aus Monaco.

In seinem Buche »Zur See« berichtet *Guy de Maupassant* auch von einem Besuch in Monaco, diesem kleinen Staat mit seiner Spielhölle, »der kleiner ist als ein Dorf Frankreichs, aber in dem man einen absoluten Fürsten, Bischöfe, ein ganzes Heer von Jesuiten und Seminaristen, eine Artillerie mit gezogenen Kanonen ... findet, und das alles von einer köstlichen Toleranz für die Laster der Menschheit beseelt, von denen der Fürst, die Bischöfe, die Seminaristen, die Minister, die Armee, der Magistrat, kurzum die ganze Welt lebt.«

Das Buch enthält eine hübsche Episode von einem Gefangenen, die wir mit freundlicher Erlaubnis des Verlages Albert Langen in München hier abdrucken:

... aus einem der letzten Jahre ist in dem Fürstentume ein ganz neuer und sehr ernster Fall zu verzeichnen.

Es wurde ein Mord begangen.

Ein Mann, aus Monaco gebürtig, nicht einer jener Heimatlosen, wie man sie an diesen Küsten zu Hunderten trifft, hatte im Jähzorn seine Gattin ermordet.

Er tötete sie ohne jeden triftigen Grund. Die Erregung war groß und allgemein.

Der oberste Gerichtshof trat zusammen, um über diesen außergewöhnlichen Fall (es war noch niemals ein Mord begangen worden) zu beraten und der Elende ward einstimmig zum Tode verurteilt.

Der empörte Fürst bestätigte dieses Urteil, dessen Vollstreckung man allgemein mit Spannung entgegensah, als plötzlich eine Schwierigkeit auftauchte: im ganzen Lande gab es weder einen Henker noch eine Guillotine.

Was tun? Auf Anraten des Ministers des Auswärtigen knüpfte der Fürst Unterhandlungen mit der französischen Regierung an und bat um leihweise Ueberlassung eines Henkers und des übrigen erforderlichen Apparats.

Im Ministerium zu Paris fanden endlose Beratungen statt. Endlich antwortete man, indem man gleichzeitig die Rechnung über die Transportkosten für den Mann und den Apparat beifügte. Das Ganze belief sich auf sechzehntausend Francs.

Seine Durchlaucht fand diese Operation ein wenig zu teuer; soviel war der Mörder denn doch nicht wert. Sechzehntausend Francs für den Kopf eines Halunken! Oh nein, er dachte gar nicht daran.

Darauf richtete man die nämliche Anfrage an die italienische Regierung. Ein König, ein Bruder, würde zweifellos weniger hohe Anforderungen stellen als eine Republik.

Die italienische Regierung schickte eine Rechnung über zwölftausend Francs.

Zwölftausend Francs! Man müßte eine neue Steuer einführen, eine Steuer von zwei Francs pro Kopf und das würde vielleicht ungeahnte Unruhen im Staate wachrufen.

So dachte man denn daran, den Schurken ganz einfach durch einen Soldaten enthaupten zu lassen. Aber als man dem General diese Angelegenheit unterbreitete, meinte dieser, seine Soldaten wären wohl in der Handhabung der blanken Waffe nicht geübt genug, um sich einer so heiklen und schwieligen Aufgabe unterziehen zu können.

Darauf rief der Fürst zum zweiten Mal den obersten Gerichtshof zusammen und legte ihm zum zweiten Mal die schwierige Frage vor.

Man beriet lange, ohne irgendeine praktische Lösung zu finden. Endlich schlug der erste Präsident vor, man möge doch die Todesstrafe in lebenslängliche Gefängnisstrafe umwandeln, und dieser Vorschlag wurde einstimmig angenommen.

Allein es gab kein Gefängnis. Es mußte erst eins eingerichtet werden, und so ernannte man denn einen Kerkermeister, dem man den Gefangenen anvertraute.

Sechs Monate lang ging alles gut. Der Gefangene schlief den ganzen Tag auf dem Strohbündel in seiner Zelle, während der Wärter auf einem Stuhle vor der Tür das Gleiche tat.

Aber der Fürst ist sehr ökonomisch, das ist sein geringster Fehler, und läßt sich über die kleinsten Ausgaben, die sein Reich erfordert, genaue Rechenschaft ablegen (die Liste ist nicht sehr groß). Man legte ihm also auch die Rechnung über die durch diese neue Gründung bedingten Ausgaben für die Erhaltung des Gefängnisses, des Gefangenen und seines Wärters vor. Das Gehalt dieses letzteren belastete das Budget Seiner Durchlaucht ungeheuer.

Anfangs machte er gute Miene zum bösen Spiel; aber als er sich überlegte, daß das noch sehr lange dauern könnte (der Verurteilte war noch jung) befahl er seinem Kriegsminister, die nötigen Anordnungen zu treffen, um diese Ausgabe künftighin zu umgehen.

Der Minister beriet die Angelegenheit mit dem Präsidenten des Gerichtshofes, und beide kamen überein, daß man den Kerkermeister abschaffen müsse. Der Gefangene, dem man in so liebenswürdiger Weise die Aufsicht über sich selbst überließ, würde natürlich eines Tages entfliehen und so die Frage zur Befriedigung aller lösen.

Der Kerkermeister wurde also entlassen, und ein Küchenjunge des Palasts erhielt den Auftrag, dem Gefangenen morgens und abends sein Essen zu bringen. Dieser aber machte keinerlei Versuche, um seine Freiheit wiederzugewinnen.

So geschah es eines Tages, daß er, als man vergessen hatte ihm seine Speisen zu bringen, sich ruhig auf den Weg machte, um sie selbst zu holen; und seitdem machte er es sich zur Gewohnheit, dem Küchenjunge den Weg abzunehmen und die Mahlzeiten im Palast selbst in Gesellschaft der Dienerschaft einzunehmen, mit der er sich alsbald sehr anfreundete.

Nach dem Frühstück unternahm er einen kleinen Abstecher nach Montecarlo. Manchmal trat er ins Kasino ein und setzte fünf Francs auf das grüne Tuch. Wenn er gewann, nahm er in einem gut renommierten Hôtel ein splendides Mittagessen ein, und kehrte dann in sein Gefängnis zurück, dessen Türe er sorgfältig von innen verschloß.

Nicht ein einziges Mal übernachtete er auswärts.

Die Situation begann sehr heikel zu werden, nicht für den Verurteilten, aber für die Richter.

Zum dritten Mal trat der Gerichtshof zusammen, und nun beschloß man, den Gefangenen aufzufordern, das Fürstentum Monaco zu verlassen.

Als man ihm diesen Beschluß mitteilte, antwortete er gelassen:

»Sie sind wirklich komisch. Was soll denn eigentlich aus mir werden? Existenzmittel habe ich nicht mehr. Eine Familie ebensowenig. Was soll ich denn anfangen? Ich war zum Tode verurteilt.

Sie haben mich nicht hinrichten lassen. Ich habe geschwiegen. Darauf haben Sie lebenslängliche Gefängnisstrafe über mich verhängt und mich einem Kerkermeister anvertraut. Sie haben mir meinen Wärter genommen. Ich habe noch immer geschwiegen.

Und nun wollen Sie mich aus dem Lande jagen. Aber daraus wird nichts. Ich bin Gefangener, Ihr Gefangener, und durch Sie verurteilt. Ich büße meine Strafe getreulich ab. Ich bleibe hier.«

Der oberste Gerichtshof war starr und sprachlos vor Staunen, der Fürst geriet in unbeschreibliche Wut und befahl, daß man andere Maßregeln ergreife.

Da begann man von neuem zu beraten.

Und beschloß nun, dem Schuldigen eine jährliche Rente von sechshundert Francs anzubieten, falls er sich verpflichten wolle künftig im Ausland zu leben.

Darauf ging er ein.

Fünf Minuten vom Fürstentum entfernt kaufte er sich ein kleines Stückchen Land, auf dem, er glücklich und zufrieden lebt, Gemüse und Kartoffeln baut und die Potentaten verachtet.

*

Ein Verblüffter.

Als im Jahre 1500 sich Westfriesland gegen den Herzog Albrecht von Sachsen empört hatte, kam diesem ein ostfriesischer Graf mit seinen Söldnern zu Hülfe und besiegte die Stadt Groningen. Nur die Burg Müden in der Nähe der Stadt widerstand noch, und ihr Kommandant, ein Bürger Groningens, Jean Hoetfilter, hatte gedroht, sie bis auf den letzten Mann zu verteidigen. Leider ließ er sich von seinen Feinden verblüffen. Die holten nämlich aus dem Kloster Witterverum das größte Butterfaß (Butterkärne), dessen weit ausgeschweifter Rand nach friesischer Weise oben breit mit blankem Kupfer beschlagen war. Diese Butterkärne wurde auf Räder gelegt, Pferde vorgespannt und in Schußweite herangezogen, so daß die Mündung, die in der Sonne blitzte, gähnend gegen Müden drohte. Jan Hoetfilter sah das Ungeheuer herankommen. Entsetzt überlegte er, daß gegen die Kugel, die aus der Mündung eines solchen Riesengeschützes abgefeuert würde, die Mauern seiner Burg nicht Widerstand leisten könnten. Er steckte seinen Hut heraus, ein Zeichen, daß er zum Unterhandeln bereit sei. Man bewilligte ihm und seiner Mannschaft freien Abzug, und so ward Müden erobert – durch ein Butterfaß.

*

Ein ruhiges Zimmer.

In einer alten Zeitung stand das folgende Geschichtchen, das die echte Berlinerin und »Schlummermutter« von ehemals sehr hübsch charakterisiert: Der Konrektorssohn Carl S. aus T...tal, der sich in Berlin studiumshalber aufhalten sollte, suchte ein Logis. Aus dem Intelligenzblatt hatte er sich ein Dutzend möblierte Zimmer notiert und mit der Liste in der Hand durchschritt er die Residenz. Hauptsache für den Theologen war, ein ruhig gelegenes Stübchen zu finden, um ungestört die Goldkörnchen der Moral aus der unendlichen Bänderreihe der Kirchenväter herauszusuchen. Nachdem der Student drei oder vier Treppen hoch geklettert, Zimmer unterm Dach und im Souterrain, nach vorn und nach hinten hinaus angesehen hatte, ohne ein passendes Heim gefunden zu haben, kam er in eine ziemlich entlegene Straße, wo in einem alten Hause, laut Annonce, zwei Treppen hoch »ein gut möbliertes Zimmer an einen ruhigen Mieter billig zu vergeben« sein sollte. Er klingelte, eine alte Frau in einfachem Hausgewande öffnete und zwischen beiden entwickelt sich nun folgendes Zwiegespräch: »Sie haben ein Zimmer zu vermieten?«

»Ja, mein Herr! Treten Sie man 'rin; hier ist es.«

»Das Zimmer ist nur klein, aber für mein Studium reicht es aus. Was verlangen Sie Miete?«

»Ja, sehn Sie, lieber Herr! früher, als mein seliger Mann noch lebte – ich bin nämlich Witwe und mein Mann seliger war Exekutor bei's Kreisgericht und Sonntags blies er die Klarinette bei Puhlmanns auf die Schönhauser Allee, wo sie jetzt den geschundenen Raubritter geben, geradeüber wohnt Schultheiß –«

Mieter schreit: »Was das Zimmer kostet?«

»Sie brauchen nicht zu schreien; ich bin nicht taub. Was das Zimmer kostet?«

»Ja.«

»Vor zehn Jahren noch fünf Taler monatlich, denn dazumals waren die Wohnungen noch billiger als heute; aber durch die Gründer ist das alles so hoch getrieben, aber Tessendorf (Berliner Staatsanwalt) wird es ihnen jetzt schon besorgen, was sagen Sie bloß zu Strausbergs?«

Mieter hält sich die Ohren zu.

»Was fehlt Ihnen denn?«

»Ich habe vom Geschwätz Ohrenreißen.«

»Ohrenreißen? Da kann ich Ihnen gleich 'n Mittel sagen: Zerstoßen Sie Kampfer mit Paprika und gehn damit bei Neumond auf'n Kreuzweg –«

»Was kostet das Zimmer?«

»Ach so! monatlich zehn Taler, den Kaffee berechne ich Ihnen die Tasse mit zwanzig Pfennige, das heißt ohne Schrippe (Brötchen), mit Schrippe fünfundzwanzig Pfennige, und wenn sie geschmiert sein soll, dreißig Pfennige, Stiebelputzen is extra.«

»Ich sehe da im Hintergebäude eine Menge großer Fenster mit kleinen Scheiben, was ist das?«

»Eine Bautischlerei, da arbeiten dreißig Gesellen, alles anständige Leute. Einer davon wollte meine Dochter heiraten, sie heißt Eulalia und ist heute gerade zwanzig Jahr; dreimal war sie schon verlobt, aber alle Bräutigams sind wieder abgeschnappt. Ich sage Ihnen, was ich mit das Mädchen für Pech habe! –«

»Aber ich bitte Sie, wenn die dreißig Tischlergesellen in der kurzen Entfernung anfangen zu hämmern, zu hobeln, zu sägen, das muß ja einen Höllenlärm verursachen.«

»Zum Verrücktwerden is es manchmal; aber bloß die erste Zeit, in drei Monaten haben Sie sich an den Spektakel gewöhnt, daß Ihnen Sonntags was fehlen wird, wenn keener hammert.«

»Dann dürft ich wohl auch bei Tage gar nicht das Fenster öffnen?«

»Anzuraten is es nicht; denn die Gesellen schmeißen manchmal kleene Abschnitte hier 'rin, bloß um Spaß zu machen, sonst sind sie sehr gemietlich. Der vorige Mieter von dieß Zimmer, ein Aktewarius, sein Onkel war Zanitätsrat, bei dem seine Mutter hab ich mal gedient –«

Mieter setzt wütend seinen Hut auf:

»Morgen bring ich Ihnen Bescheid, Adieu!«

»Adjes ooch!« ruft ihm diese nach; »wenn Sie erst bei mich wohnen, komme ich des nachmittags, wenn ich aufgewischt habe, mit die Nähmaschine auf Ihre Stube!«

*

Einer, der sich nicht verblüffen ließ.

Bei Voltaire, dem französischen Dichter und Philosophen, ließ sich eines Tages ein Fremder melden. »Sage, ich sei nicht zu Hause,« rief Voltaire, überdrüssig, von so vielen nach Paris kommenden Fremden als Schaustück betrachtet zu werden, dem Diener zu. Dieser gehorchte. Aber der Fremde antwortete: »Ich hörte ja soeben Euren Herrn sprechen!« Der Diener berichtete dies zurück, »Nun, so sage, ich sei krank,« – »Gut,« sagte der Fremde zu dem Diener, »ich bin Arzt und will ihm den Puls fühlen.« Wieder meldete dies der Diener, »Zum Henker, sage, ich sei gestorben!« schrie Voltaire. Der hartnäckige Besucher aber sagte kalt: »Wohl, so will ich ihn zu Grabe begleiten; er ist nicht der erste.« – »Seht doch den Starrkopf!« rief Voltaire, »er mag eintreten!« Der Fremde trat ein und Voltaire sagte voll Verdruß: »Sie halten mich wohl für ein fremdes Tier? Aber es kostet 12 Sous, mich zu sehen.« – »Hier sind 24,« sagte der Fremde ruhig, »denn ich komme morgen noch einmal.«

*

Die Zeitungsente.

Das im Jahre 1776 in Paris erschienene »Industrielle Lexikon« weist folgende Anekdote auf: »Die Landwirtschaftliche Zeitung«

veröffentlicht ein seltsames Verfahren, um wilde Enten zu fangen. Man kocht eine stalle und lange Eichel in einem Absud von Sennesblättern und Jalappe. Die so zubereitete Eichel bindet man an einen dünnen, aber starken Faden in der Mitte fest und wirft sie darauf ins Wasser, das Ende des Fadens behält man in der Hand und verbirgt sich. Die Ente schwimmt heran und verschluckt die Eichel; diese hat aber in ihrer Zubereitung eine stark abführende Wirkung und kommt infolgedessen sofort wieder zum Vorschein; darauf naht eine andere Ente und verschluckt die Eichel von neuem, um sie gleichfalls wieder von sich zu lassen; das Spiel wiederholt sich bei einer dritten, vierten usw., und alle Enten reihen sich somit an einem Faden auf. Ein Huissier (Türhüter) in der Nähe von Gué-de-Chaussée hatte auf solche Weise zwanzig Enten an einem Garn gelangen. Plötzlich aber flogen die Enten auf und nahmen den Huissier mit; der Faden riß, der unglückliche Jäger stürzte und brach ein Bein,« – Diese Münchhauseniade ist die Stammutter der französischen canard und das Urbild der deutschen Zeitungsente.

*

Effekte.

Ein bekannter Schauspieler aus Berlin gastierte auf einer österreichischen Bühne in dem Shakespeareschen Drama als Othello, »Hören Sie mal,« sagte der Künstler in der Probe zu dem Darsteller des Jago, als die große Szene zwischen beiden im dritten Akte kam, »hier habe ich eine Nuance, auf die noch kein Othello bisher gekommen ist. Wenn ich Sie nämlich bei den Worten: »Beweis' Schurke usw.« an der Gurgel packe und zu Boden werfe, dann spucke ich Ihnen ins Gesicht; das wird einen ganz kolossalen Effekt machen,« – »Ja, dös is famos,« entgegnete der Darsteller des Jago, »in dieser Szene hab i auch eine Nüance, die i no von kein Jago g'sehn hab: wann Sö mir nämlich ins G'sicht g'spuckt hab'n, da steh i halt auf und hau Ihnen a ganz g'hörige Watschen herunter. Passens auf, Kollege, was dös für an kolossalen Effekt machen wird,« – Nach diesem Vorschlage des Oesterreichers verzichtete der Norddeutsche auf seinen Effekt.

*

Die Mutter im Sprichwort.

Der Deutsche sagt:»Ist die Mutter noch so arm, gibt sie doch dem
Kinde warm.« – »Wer der Mutter nicht folgen will, muß endlich
dem Gerichtsdiener folgen.« – »Muttertreu wird täglich neu.« –
»Besser einen reichen Vater verlieren als eine arme Mutter.« – »Was
der Mutter bis ans Herz geht, geht dem Vater nur ans Knie.« – Im
Hindostanischen heißt es: »Mutter mein, immer mein, möge reich
oder arm ich sein.« – Der Russe sagt: »Das Gebet der Mutter holt
vom Meeresgrund herauf.« – Der Venetianer: »Mutter, Mutter! Wer
sie hat, ruft sie, wer sie nicht hat, vermißt sie.« – Der Czeche und
Lette sagt: »Mutterhand ist weich, auch wenn sie schlägt.« – Fast bei
allen Völkern findet sich das Wort: »Eine Mutter kann eher sieben
Kinder ernähren als sieben Kinder eine Mutter.« – Den Verlust der
Mutter kennzeichnet ein Sprichwort der Russen so: »Ohne die Mutter sind die Kinder verloren wie die Biene ohne Weisel (Königin)«. –
Für die unzähligen Leiden der Mutter haben die Italiener wohl das
kürzeste und treffendste Wort gefunden: »Mutter, will sagen: Mär-
tyrerin.«

*

Die Erfindung des Schachspiels.

Unter den vielen Sagen über die Erfindung dieses Spieles ist eine,
die erzählt, der Brahmine Sosa habe dasselbe vierhundert Jahre vor
Christi Geburt erfunden, um dem König Schachram, der das Volk
verachtete, durch das Schachspiel die Lehre zu geben, daß ein Herr-
scher ohne die Geringen nichts vermöge. Der über die geistreiche
Erfindung des Spieles entzückte König erlaubte den Brahminen,
sich eine Gnade zur Belohnung von ihm erbitten zu dürfen. Der
Brahmine begehrte, daß man ihm für das erste Feld im Schachbrett
ein Weizenkorn, für das zweite zwei, für das dritte vier, für das
vierte acht, für das fünfte sechzehn Weizenkörner und so fort, in
geometrischer Progression die Körner bis zum 64. Felde verdoppelt,
geben und den ganzen Betrag schenken möge. Seine Majestät der
König Schachram war fast ungehalten über die ihm so unbedeutend
scheinende Forderung, die er beinahe für Spott nahm; wie groß war

jedoch sein Erstaunen, als er vernahm, daß alles Getreide, welches jemals die Erde hervorgebracht, die verlangte Zahl Körner nicht liefern würde. Sie betrug 18,000,000,00,000,000,000 Körner, welche beinahe fünfzehn Billionen Kubikfuß oder vierzehn und eine halbe Billion englischer Scheffel ausmacht, die einen Raum von 2200 Quadratmeilen, auf denen das Korn dreißig Fuß hoch läge, einnehmen würde!

*

Ein gefährlicher Fisch.

Wenn man den Berichten aufmerksamer Reisenden glauben darf, dann besitzt Brasilien in der Piranha (nach einem Fluß so genannt) einen Sägefalmler (Serrasalmo Piranha), der trotz seiner Kleinheit, er wird nur etwa 12 Zoll lang, dem gefürchteten Hai an Gefährlichkeit nicht nachsteht. In den inneren Gegenden Brasiliens – so schreibt ein Forscher –, wo die Bewohner aller Rassen an die vielfältigsten Gefahren gewöhnt sind, welche das Leben der Waldläufer darbietet, ist die Tigerjagd ein Spiel, der Kampf mit den Alligatoren ein gewöhnlicher Zeitvertreib, das Zusammentreffen mit der Boa oder einer Klapperschlange ein häufiges Ereignis, so daß die Gewohnheit hier gelehrt hat, alle diese Gefahren kaum zu beachten. Spricht man ihnen aber von der Piranha, so steht man Entsetzen sich in ihren Gesichtern malen, weil in der Tat die Piranha das furchtbarste Tier dieser Wildnis ist. Selten hält ein angeschwollener Strom die Schritte des Jägers auf, aber selbst der Unerschrockenste wagt es nicht, das nur wenige Klafter entfernte jenseitige Ufer zu gewinnen, sobald er die Piranha in dem Wasser vermutet. Bevor er die Mitte des Flusses noch erreicht, würde in diesem Falle sein Körper durch Tausende der schrecklichen Tiere in wenigen Minuten zu einem Skelette gleich dem Präparate eines anatomischen Museums umgewandelt werden. Die Gier der Piranhas wurde denn auch in der Tat von den Indianern am Orinoco ehemals dazu benutzt, ihre Toten, deren Skelette sie aufbewahrten, präparieren zu lassen, indem sie die Leichname eine Nacht im Flusse aufhingen. Man hat erlebt, daß kühne Jäger in solchen Lagen sich dem Hungertod eher überließen, als sich einer Gefahr aussetzten, gegen welche weder Kraft noch Mut etwas ausrichten konnten. Selbst von Ochsen, Tapiren und anderen großen Tieren, welche an solchen Stellen ins Wasser gingen, wo die Piranha häufig ist, ließen deren messerscharfe Zähne nach wenigen Minuten nur Skelette übrig. Diese Fische fallen über alles Lebendige her, das in ihren Bereich kommt; selbst Unken und Krokodile erliegen ihnen regelmäßig; nur die Fischotter allein, die unter ihrem langen, dichten Haare durch eine filzartige Decke geschützt ist, soll die Piranhas in die Flucht treiben. Zum Glück für die Bewohner jener Gegenden lieben diese gefährlichen Fische nur stillere Gewässer, und wer nur einigermaßen mit ihrer Lebensweise vertraut ist, kann ihnen leicht aus dem Wege gehen. Trotz der Fährlichkeit, welche die von Piranhas bewohnten Gewässer bieten, scheuen sich die Eingeborenen nicht, ihnen als Nahrungsmittel nachzustellen, indem sie die blinde Gier, mit welcher diese Fische nach jedem Köder haschen, sofern derselbe nur ein fleischartiges Aussehen hat, als Mittel beim Angeln benutzen.

*

Ziethen.

Vom »alten Fritzen« wird erzählt, daß er es liebte, seinen Reitergeneral Ziethen zu hänseln, wobei der erstere nicht immer gut weggekommen sein soll, denn Ziethen war kein Höfling von der heute existirenden Sorte, die vor allen Majestäten die Rücken krumm macht. Einmal, als Ziethen zur Tafel beim König war, befahl dieser, es solle dem ersteren kein Löffel zur Suppe hingelegt werden. Als die Suppe aufgetragen wurde, sagte er zu Ziethen, der ihm gegenübersaß: »Nun lange Er zu, aber ein Hundsfott, wer heute nicht seine Suppe aufißt.« Ziethen tat, als merke er die Absicht nicht, ihn in Verlegenheit zu bringen, sondern schnitt sich ruhig einen Löffel aus einer Kante Brot, die er aushöhlte, und aß mit demselben seine Suppe. Wie er aber fertig war, sah er sich lächelnd bei Tische um und sagte: »Mit der Suppe wären wir fertig, aber nun, meine Herren, ein Hundsfott, wer nicht seinen Löffel aufißt«, – und damit aß er ruhig den seinigen auf.

*

Sprichworte.

Wenn man das Kalb sticht, so wird kein Ochse daraus.

Wer lobt in praesentia
Und schilt in absentia
Den hol' pestilentia.

Wer springen will, geht erst rückwärts.

Wer den Nagel bis an den Kopf einschlägt kann den Hut nicht daran hängen.

Zu viel Demut ist schalkhafter Hochmut.

Wirb, das Glück ist mürb.

Wer selber mausen kann, braucht keine Katze.

Keine teurere Henne als die geschenkte.

Wer die Wahrheit geigt, dem schlägt man den Fidelbogen aufs Maul.

*

Selbsterkenntnis.

Von Dr. Chivac, dem Leibarzt des Herzogs von Orleans, erzählt man sich, er sei so beschäftigt gewesen, daß er an seine eigene Gesundheit nie gedacht. Endlich ging's doch nicht mehr; eine Krankheit plagte ihn schon lange, er faßte sich zerstreut an den Puls und murmelte vor sich hin: »Der Kerl ist verloren! Das kommt von der unbegreiflichen Dummheit dieser Esel von Menschen, daß sie immer erst den Arzt rufen, wenn's zu spät ist!«

*

Ein Fürst zu Lessings Zeiten.

Herzog Karl I. von Braunschweig (1735-1780) war, so schreibt Friedrich Kapp in seinem Buche »Der Soldatenhandel deutscher Fürsten«, einer der prachtliebendsten, leichtsinnigsten und verschuldetsten Fürsten, von denen Deutschland im vorigen Jahrhundert heimgesucht war. Sein Ländchen, das bei einer Größe von einigen sechzig Quadratmeilen mit etwa 150 000 Einwohnern kaum anderthalb Millionen Taler Einkünfte abwarf, war allerdings durch den siebenjährigen Krieg hart mitgenommen worden, allein erst des

Herzogs üble Wirtschaft hatte es an den Rand eines Bankrottes gebracht. Die Schulden beliefen sich auf nahezu zwölf Millionen Thaler. Karl lebte aber auf einem Fuße, als ob ihm die reichen Hülfs-
quellen eines großen Königreichs zu Gebote ständen. Italienische
Oper und französisches Ballet, auswärtige und einheimische
Maitressen, Militärspielerei und Alchimie verschlangen ungeheure
Summen. Der Theaterdirektor und Kuppler Nicolini, ein unbedeu-
tender italienischer Abenteurer, hatte 30 000 *Thaler* jährlichen Ge-
halts; unser großer Lessing aber, der zu jener Zeit in der bescheide-
nen Stellung eines herzoglichen Bibliothekars »einem verschüchter-
ten Geschlecht mißhandelter Kleinbürger zuerst die Seele mit freien,
menschlich heiteren Empfindungen erfüllte« und unser Volk zum
Bannerträger des freien Geistes erheben half, unser *Gotthold Ephraim
Lessing bezog ein Gehalt von 300 Talern jährlich.* (!) Dort lernte er »lieber hungern als niederträchtig sein«; mußte er doch um eine armse-
lige Gehaltszulage von 200 Thaler länger als drei Jahre supplizieren!
»Es ist ein Irrtum,« schrieb er seiner Freundin und spätern Gattin,
Eva König, aus Wolfenbüttel, »daß kleine Souveraine den Gelehrten
und Künstlern förderlich seien; sie sind es nur in dem Maße, als
Wissenschaft und Kunst ihnen Amusement machen und man ihnen
hofmännisch schmeichelt. Das verstehe ich nicht. – – Ich fühle mich
hier, als wäre ich in einen Sarg gedrückt; ich kann keine Bücklinge
machen, um mich zu empfehlen. Lichtenberg verkümmert im kleinen Göttingen, Möser im kleinen Osnabrück; beide zehren von den
Erinnerungen aus England, wie ich aus Leipzig und Berlin ...«

*

Auch eine Erfindung.

Im Jahre 1812 kaufte ein als sonderbarer Kauz bekannter Engländer namens Hatton von einem französischen Gefangenen, der in
Perbe festgesetzt war, eine Art von Spielzeug, das aus einer um eine
wagerechte Achse beweglichen Trommel bestand. In diese Trommel
war eine Maus eingesperrt, die nun bei jeder Bewegung den Apparat in eine Drehung versetzte. Noch heute findet man ja in Gärten
und Höfen auf dem Lande häufig genug einen traurigen Eichkater
in eine solche Tretmühle hineingezwängt. Meister Hatton meinte,
eine derartig sinnige Einrichtung müßte sich praktisch verwerten
lassen. Er sah darin einen Motor, dessen Anschaffung und Unter-

haltung fast nichts kostete, und suchte nach einer nutzbringenden Anwendung dafür in irgendeiner Industrie. Seine Wahl fiel darauf, die Maus an der Herstellung eines Nähfadens arbeiten zu lassen, und er ließ es sich nicht verdrießen, diese Idee in die Wirklichkeit zu übersetzen. Die arme Maus brachte es in ihrer Tretmühle wirklich auf die stattliche Leistung, 16 Kilometer Faden am Tag zu drehen. Wenn man ihr einen wöchentlichen Feiertag schenkte, lieferte eine Maus im Durchschnitt während eines Jahres etwa 5000 Kilometer Garn. Trotzdem war das eigentliche Ergebnis nicht so befriedigend. Es stellte sich heraus, daß eine solche Maus in ihrer Arbeit im Vergleich zu einem menschlichen Arbeiter nur eine Ersparnis von 7,50 Mark im ganzen Jahr zu Wege gebracht hätte. Hatton kündigte nach einiger Zeit an, daß er 15 000 Mäuse gekauft und eine verfallene Kirche gemietet hätte, wo er lauter Mäusetrommeln unterbringen und seine Nähfadenfabrik eröffnen wollte. Er wußte auch schon die Ziffern des Vermögens anzugeben, das er auf diesem Wege in einer bestimmten, geringen Zahl von Jahren erworben haben wollte. Er starb aber bald darauf, und die Welt kam daher um den Vorteil, wenigstens auf einige Zeit – lange hätte es wohl nicht gedauert – eine Garnfabrik mit 15 000 Mäusen als einzigen Arbeitern zu besitzen.

*

Ein Feinfühliger.

Esais Tegner, der Sänger der »Frithjofssage«, war als Mensch eine der zartfühlendsten und rücksichtsvollsten Naturen. Als junger Student ging er einmal mit einem Kommilitonen in den Anlagen der Universität Lund spazieren. Plötzlich faßte er seinen Freund heftig am Arm und zog ihn unter allen Zeichen der Verlegenheit in einen Seitenweg. »Was gibt es denn?« fragte letzterer verwundert. – »Siehst du nicht den Doktor G. kommen?« – »Nun ja, aber was für einen Grund hast du, ihm auszuweichen? Bist du ihm etwa Geld schuldig?« – »Wo denkst du hin! Im Gegenteil, ich habe ihm eine kleine Summe vorgeschossen, die er mir noch nicht zurückerstatten konnte, und da dachte ich, mein Anblick könnte ihm vielleicht peinlich sein.«

Freudloses Leben.

Ein Leben ohne Freude ist eine weite Reise ohne Gasthaus.

Demokrit.

Scherze

Alles umsonst.

Gefängnisdirektor: »Ja, Huber, jetzt sind Sie schon wieder da?« – *Sträfling*: »Meine Schuld ist's nicht, Herr Direktor; ich hab' geleugnet bis zum letzten Augenblick.« (Mgg. Bl.)

*

Trinkerlogik.

»Der Hering hat mir solchen Durst gemacht, daß ich nun schon bei der dritten Flasche Wein bin! Und da sagen die Leute, der Hering sei ein billiges Volksnahrungsmittel!« (Fl. Bl.)

*

Boshaft.

Kaufmann (der schon öfters Bankrott gemacht): »Wie sind Sie eigentlich zu den vielen Schulden gekommen, Herr Baron?« – *Schwiegersohn*: »Ich frag' Sie ja auch nicht, wie Sie zu Ihrem Vermögen kamen,« (Fl. Bl.)

*

Ein Grübler.

Der kleine Hans (hat seiner Mutter nachdenklich zugesehen, während sie ihm seine Hosen säuberte): »Also, Mama, reingemachte Hosen sind nicht Hosen, in die ich was reingemacht, sondern aus denen Du was rausgemacht hast.« (Lust. Bl.)

*

Durchschaut.

Verschuldeter Lebemann (einer reichen Dame seine Liebe erklärend): »Ich bete Sie an!« – *Sie*: »Ja, Not lehrt beten.«

*

Bekräftigung.

Richter (zum Zeugen): »Sie wissen doch, was ein Eid bedeutet?« – »Freili' weiß ich's, hab' ja schon 'mal deshalb acht Monat 'kriegt.« (Mgg. Bl.)

*

Beim Zigeunerprimas.

»Wird die junge Baronesse Sie nun noch heiraten?« – »Frailich ... konn ja nimmer zurücktreten ... is schon verlaust!«

*

Prinzenerziehung.

»'tschuldigen, Herr Rektor, Se. Königliche Hoheit sind erkrankt und können nicht zur Prüfung kommen,« – »Ooh –! Da wollen wir ihm das Zeugnis nach Haus schicken.« (Jgd.)

*

Vorschlag zur Güte.

»Erst borgen Sie sich fünfzig Mark bei mir aus, dann trinken Sie Champagner – das kann ich mir nicht erlauben!« – »Warum denn nicht?! Pumpen Sie halt auch einen an!«

*

Sicherer.

»... Und i' heirat' Di', Lenerl – tausend Sternln san meine Zeug'n!« – »'s wär' mir schon lieber, wenn D' mir das vor meiner alten Waben sagen tätst!«

*

Galgenhumor.

Strolch (zum andern): »... Also anstatt Soldat zu werden, bist Du damals zwei Jahre ins Gefängnis gekommen?« – »Ja, und kürzlich bin ich erst wieder zu einer zehnwöchigen Uebung einberufen worden!«

*

Der Vorgesetzte.

»Nun haben wir uns beide nach dem Weg erkundigt und wissen ihn glücklich beide nicht – Sie Rindvieh!«

*

Rehabilitiert.

»Also mit dem Kerl, der Dich am Sonntag so kolossal geschimpft hat, warst Du beim Schiedsmann! Wie ist denn die Sache ausgegangen?« – »Glänzend für mich! Mehr als die Hälfte der Ausdrücke hat er zurücknehmen müssen!«

*

Der Privatier.

»So als *Nebenbeschäftigung* is a' biss'l Arbeit ganz nett!«

*

Ein Heuchler.

»... Karl, Du siehst aber gut aus!« – *Student*: »Gelt, Tantchen! ... Du mußt halt auch Milch trinken!«

*

Individuelle Auffassung.

»... Ich begreife Dich nicht, Elvira! Der Mann ist doch viel zu alt, um eine glänzende Partie zu sein!« – »So? Ich finde, er ist eine viel zu glänzende Partie, um zu alt zu sein!« (Fl. Bl.)

*

Ein guter Vergleich.

Ein vor einigen Jahren verstorbenes Original, ein Pfarrer im Ridwaldner Ländchen, verstieg sich in einer Predigt zu folgendem Vergleich: »Die schlechten Ehemänner gleichen den alten Phosphorzündhölzchen, die sich an jeder Reibfläche entzünden; die guten aber sind wie die schwedischen, die sich nur an der eigenen Schachtel entflammen.«

*

Wahres Geschichtchen.

Bei einer Beweisaufnahme sagt ein Zeuge ungünstig für die Partei des Anwalts aus, so daß dieser in seinem Aerger zu ihm sagt: »Sie sind ja ein sehr kluger Herr.« Der Zeuge entgegnet: »Ich würde Ihnen gern dasselbe Kompliment sagen, Herr Rechtsanwalt, wenn ich nicht vereidigt wäre.«

(Jgd.)

*

Schlechter Einfluß.

– »Ja, 's is' schon wahr, ... der Herr Pfarrer hat meinen Jungen so gern, ... aber er tut mir ihn auch ganz verderben, ... seitdem der Junge immer auf dera Pfarrei steckt, will er mir gar net mehr Holz stehlen gehn!«

Sarkastisch.

Junger Ehemann: »Heute habe ich aber einmal gut gegessen!«

Freund: »So! Wo denn?«

*

Gemütlich.

Fremder (mißtrauisch): »Wenn ihr mich aber schneidet und ich recht ungehalten bin ...?«

Dorfbader: »Dann schmeiß' i' Di' 'naus!«

*

Stimmt.

– »Die alten Krieger ließen sich zum Zeichen des Friedens und der Freundschaft immer am Herde nieder ...!«

Köchin: »Nun, das tun unsere heutigen Krieger auch.«

*

Auch noch.

»Ich hätte nicht geglaubt, daß Ihre Frau imstande wäre, durchzugehen!« – »Die? Die ist imstande und kommt auch wieder zurück!«

*

Ein Geplagter.

»... Komm' mit zum Frühschuppen, Bummel.«

»Kann nicht! Du siehst ich *studiere*!«

»Was denn eigentlich?«

»Wen ich *anpumpen* soll!«

Der gute Familienvater.

A.: »Was Sie immer über die Fleischrechnungen stöhnen, begreife ich nicht. Wir kommen durchschnittlich mit einem Pfund täglich aus,«

B.: »Wie ist das möglich!? Bei fünf Personen!

A.: »Sehr einfach: Meine Frau mag kein Fleisch, die Magd bekommt keins, die Kinder brauchen keins *und ich begnüge mich eben mit einem Pfund.*«

*

Individuell.

»Was sagte denn Herr Goldbaum, als Du ihm vorwarfst, er wechsle seine Gesinnung wie das Hemd?«

»Nichts, er lächelte geschmeichelt.«

*

Das glückliche Gesicht.

Frau (bei einer Trauung leise zu ihrer Nachbarin): »Die junge Frau bringt ihrem Mann achtzigtausend Mark mit; das sieht man ihr nicht an!«

»Nein, aber ihm!«

*

Gleicher Meinung.

Gattin (zum spät heimkommenden Mann): »I' möcht' wissen, wenn Du einmal g'nua kriagst.«

Gatte: »Siehst, Alte, dös möcht i' eben ausprobier'n.«

Beim Porträtmaler.

»Sie müssen mir garantieren, daß mein Porträt ähnlich wird!« – »Dann müssen Sie mir, gnädige Frau, auch garantieren, daß Sie es nehmen!«

*

Großartig.

Hausherr: »Die Herrschaften wünschen natürlich eine Wohnung mit Badezimmer?«

Protz: »Ach watt! Wir brauchen keen Badezimmer! Wir reisen jedet Jahr in't Bad.«

*

Verplappert.

Tante: »Der Klavierlehrer redet dich ja noch immer mit ›Du‹ an; dafür bist du denn doch schon zu alt! «

Backfisch: »O, zwei Jahre lang hat er auch ›Sie‹ zu mir gesagt!«

*

Nichtig.

Als ich kürzlich beim Gewitter meinen Neffen mit den Worten ins Haus rief: »Komm herein Theo, es donnert,« antwortete er mir: »Ja, aber das kann ich hier doch auch hören.«

*

Der Patriot.

Gepfändeter: »Mein *Kaiserbild* wollen Sie auch nicht verschonen?«

Gerichtsvollzieher: »Nein, aber das werde ich natürlich mit der schuldigen *patriotischen Ehrfurcht pfänden*.«

*

Die Prüfung.

Ein glücklicher Ehegatte hatte kein rechtes Zutrauen zu der Liebe seiner Gattin. In einer romantisch sentimentalen Anwandlung beschloß er, sich einen Beweis von der wahren Gesinnung seiner Frau zu verschaffen, dadurch, daß – er sich aufhängte: natürlich nur in effigie(bildlich). Er stoppelte also mit vieler Mühe eine Puppe zusammen, verschaffte sich eine ihm täuschend ähnliche Maske, bekleidete die Puppe mit seinem gewöhnlichen Anzug und hing sie auf den Boden in eine schwach beleuchtete Ecke. Er selbst stellte sich hinter den Schornstein, während ein Brief seiner Gattin den begangenen Selbstmord meldete. Er hatte nicht lange zu warten. Bald hörte er seine Frau mit dem Dienstmädchen die Treppe herauskommen,»Wenn der Esel sich hätte aufhängen wollen,« meinte sie,»dann hätte er's schon lange getan! Aber wahrhaftig, da hinten hängt er! Weißt Du, Marie, wir müssen ihn abschneiden! Geh' in die Küche und hole das Messer, aber renne nicht so, sonst fällst Du, – Marie, hör' 'mal! Das Küchenmesser ist ganz stumpf, fällt mir eben ein; geh' lieber 'mal 'rum zu Tante Lehmann und erzähl' ihr unser Unglück und laß Dir ein recht scharfes Messer geben, – Marie, hör' 'mal! Tante Lehmann ist am Ende gar nicht zu Hause; gestern meinte sie, sie müsse heut auf den Markt; geh' lieber zur Frau Doktorn, den kürzesten Weg über die Brücke, da kannst Du gut in einer Viertelstunde zurück sein! – Marie, hör' 'mal, frage auch gleich, ob ihr Jüngstes noch nicht besser ist; ich lasse schön grüßen! Marie, lauf' doch nicht so! Hör' 'mal, auf dem Rückwege bring' gleich ein Pfund Zucker mit, aber vom Kaufmann an der Ecke; der ist jetzt recht süß. So, nun geh'! – – Da hängt er nun an der neuen Waschleine: hätte auch einen alten Strick nehmen können – und was nun erst das Begräbnis kosten wird!«

»Der Teufel soll Dich holen!« schreit er und springt hinter dem Schornstein hervor; sie kreischt, auf, läuft hinunter, er ihr nach; sie stolpert, er auch; beide fallen die Treppe hinunter, während der Wirt seine Tür öffnet und lachend sagt:

»Immer Arm in Arm – immer zärtlich – immer wie die Turteltauben!«

Allerdings.

»... So, Lebensstellung haben Sie – das will bei einem Chauffeur nicht viel heißen!«

*

Aus Erfahrung.

»Was versteht man denn eigentlich unter reizloser Kost?« – *Junger Ehemann*: »Wenn die Frau selbst kocht.«

*

Ueberflüssig.

»Möchtest Du nicht heute abend dem Vortrag »Ueber die Schädlichkeit des übermäßigen Biergenusses« beiwohnen?« – »Das ist überflüssig; das bekomme ich jeden Abend von meiner Frau zuhören!« (Mgg. Bl.)

*

Kriegervereinsfest.

»Gib her die Fahne, wenn de se nich halten kannst!« – »Nee, die Fahne trag' ich. Das ist mei' Balanzierstang!«

*

Die neue Liste.

Ein Anhänger Luegers erhält die Liste der Neugewählten und liest deren Parteibezeichnung: Jungtscheche, Radikaltscheche, Alldeutscher, Christlich-Sozialer usw. Da stockt sein Blick an einer Parteibezeichnung, die – wörtlich wahr! – den Gewählten mit der Marke versieht: »Gemäßigter Israelit«, – »Was soll das heißen?« ruft er aus; »gemäßigter Israelit! – Spricht der nur mit einer Hand?« (Lust. Bl.)

Ein gütiger Vorschlag.

»Glaubst Du, daß ein Mensch reich und glücklich sein kann?« – »Ich weiß nicht! Aber ich gebe mich gern zum Versuchskaninchen her!«

*

Ein schwerer Beileidsbrief.

Die Unerfahrene: »Ich komme nicht über die Ueberschrift hinaus! Wie soll man auch jemandem einen Kondolenzbrief schreiben, der eine halbe Million geerbt hat?«

*

Im Eifer.

Pfarrer (auf der Kanzel): »Die Leute sagen, wir Geistliche könnten keine Kinder erziehen, weil wir selber keine hätten –, das ist aber nicht wahr ...« (Jgd.)

*

Polizistens Klage.

»Der Teufel soll die Autos holen! Fahren sie langsam, darf ich sie nicht aufschreiben, fahren sie schnell, kann ich die Nummer nicht lesen!«

*

Schlau.

Der kleine Willy betet sehr ungern sein Nachtgebet, wie es von der Mama verlangt wird. Einmal aber betete er solange, daß ihn seine Mutter erstaunt darüber befragt. »Weißt Du, Mutti,« sagte er ganz stolz, »jetzt habe ich für eine Woche vorausgebetet.« (Jgd.)

*

Entgegenkommend.

Hausfrau (zur Köchin, am ersten Tag ihres Eintritts): »... Und wenn sich mein Mann Ihnen gegenüber aufdringlich zeigt, verhalten Sie sich stets abweisend! ... Verstehen Sie?« – »Freili', gnä' Frau – zwei Watschen hat er schon!« (Fl. Bl.)

*

Vorgesorgt.

»Freu' Dich, Weiberl! Ich hab' heute zwei vorzügliche Dienstmädchen engagiert!« – »Aber, Mann, wozu zwei Mädchen? Wir brauchen doch nur eine!« – »Das ist schon in Ordnung! Die eine kommt morgen, die andere in acht Tagen.«

*

Fatale Verwechslung.

»Warum bist Du denn gar so traurig, mein Junge?« – »Ich und mein Bruder sind Zwillinge, und jedesmal, wenn einer von uns beiden 'was angestellt hat, tut der Vater mich hauen!«

*

Erhöhte Strafe.

Feigelstein (der wegen Bankerotts sitzt und auf Anordnung des Anstaltsarztes Bäder nehmen muß): »Entschuldigen Sie, Herr Verwalter, ich werd' mich beschweren ... das war im Urteil nicht drin!«

Professorin: »...Weißt Du denn nicht, wann und wo Dir der Hut weggeflogen ist?« – *Professor*: »Keine Ahnung! Ich merkte es ja erst, als ich grüßen wollte!« (Fl. Bl.)

*

Die liebe Freundin.

»Wo warst Du denn mit Deiner Kußbude placiert auf dem Wohltätigkeitsbasar?« – »So in der Mitte herum, zwischen zwei Sektständen.« – »Aha, damit sich die Herren vorher Mut antrinken konnten!« (Mgg. Bl.)

*

Widerlegt.

Hausfrau (mit dem Dienstmädchen zankend): »Ich sag's ja, Dienstboten sind bezahlte Feinde.« – »Aber, gnä' Frau, sind mir doch den Lohn noch immer schuldig!« (Mgg. Bl.)

*

Mißverständnis.

Junger Mann (im Coupé): »Mein Fräulein, wenn Sie vielleicht meine Zigarre geniert, dann werfe ich sie hinaus.«

Fräulein (sehr ängstlich): »Was – *mich*?«

*

Sächsisch.

Gast: »Sie, Kellner, wollen Sie mir einen Pfannenkuchen bestellen?«

Kellner: »Ei ja, wie's befehlen,«

Gast: »Währt's lang?«

Kellner: »Nee, 's werd rund!«

*

Renommage.

Schmul (bei Levi ein buntes Flanellhemd kaufend): »... is' es auch waschecht?«

Levi: »Puh! renommier doch nich! De wäschst's ja doch nich!«

*

Auf dem Standesamt.

Standesbeamter: »Sie wollen also das Fräulein X. als Ehefrau nehmen?« –

Bräutigam (stark verschuldet): »Ha ja, wie man halt in meiner Lage will.«

*

Wirtshauskochkunst.

Kellner: »Der Herr Naher schickt den Saftbraten zurück, er möchte doch lieber Roastbeef haben,« – *Köchin*: »Na, wie oft soll ich denn noch eine andere Sauce dranschütten!

*

Am Telephon.

»Ich verstehe kein Wort; mit wem habe ich denn eigentlich die Ehre?« – »Ihr Kutscher Franz bin ich!« – »Dämliches Rindvieh, warum sprechen Sie denn nicht lauter?« (Mgg. Bl.)

*

Unüberlegt.

Hausfrau: »... Mir tut es leid, daß Sie fortgehen, Resi! Werden Sie sich verbessern?« – *Dienstmädchen*: »O nein, gnädige Frau – ich werde heiraten!«

*

Schmeichelhaft.

»... Haben Sie schon bei »besseren« Herrschaften gedient?« – »O ja – bei viel besseren!«

Der kleine Egoist.

»Nun, Fritz, hast Du den Apfel mit Deinem Schwesterchen ge-
teilt?« – »Nein, Tante!« – »Warum denn nicht?« – »In der *andern*
Hälfte war ein Wurm!« (Fl. Bl.)

*

Spielverderber.

Eine kleine Gesellschaft fideler Herren wird im Hochgebirge vom
Unwetter überrascht und muß zwei Tage unfreiwilligen Aufenthalt
in einer Hütte nehmen. Nachdem alle möglichen Mittel zur Vertrei-
bung der Langeweile erschöpft sind, kommt einer auf den geistrei-
chen Einfall: Wer das dümmste Gesicht machen kann, soll eine
Prämie erhalten. Der mit Beifall aufgenommene Vorschlag wird
sofort in die Wirklichkeit umgesetzt und plötzlich erschallt es uni-
sono: »Herr Assessor Moeller hat gewonnen.« – Dieser aber platzt
empört heraus: »Meine Herren, das verbitte ich mir, ich hab ja gar
nicht mitgespielt.« (Jgd.)

*

Umkehr.

Frau Wackermut wird lange Zeit von Zahnschmerzen heimgesucht und entschließt sich endlich zum Zahnarzt zu gehen. Bald
leuchtet ihr auf der Straße das Schild entgegen: »Zum Zahnarzt. Tür
geradezu!« – »Gott sei Dank,« ruft sie umkehrend, »daß die Tür
gerade zu ist!«

*

Verzeihlicher Irrtum.

Der Hausherr unterhält sich mit seiner schwerhörigen Tante. Ein
Hausierer öffnet die Tür: »Pardon, ich hab' gedacht, hier ist Aukti-
on!« (Lust. Bl.)

*

Der Lebemann.

»Ich hab' solche Schulden, daß nur mehr eine Braut mit einem Buckel mich retten kann!«

*

Ein Zeitkind.

Lehrer: »Erklär' mal die Worte, Den Dolch im Gewande!« – *Schüler*: »Damals, als die Bürgschaft spielte, gab's noch keine Bomben!«

*

Aus der Physikstunde.

Professor: »Wie Sie sehen, meine Herren, sehen Sie jetzt nichts. Warum Sie nichts sehen, werden sie gleich sehen.« (Fl. Bl.)

*

Bosheit.

»Meinen Sie nicht auch, daß den Einbruch beim Bankier Klein ein mit den Verhältnissen Vertrauter verübt hat?« – »Keinesfalls; ein solcher wäre da nicht eingebrochen!«

*

Beim Brande.

Zuschauer: »Sie sehen dem Feuer so untätig zu; ist alles versichert bei Ihnen?« – *Wohnungsinhaber*: »Nein, aber ... gepfändet!«

*

Netter Schmuck.

Schurl (zum Franzi, der die zerschlagenen Fensterscheiben mit Zeitungsblättern verklebt): »Was machst Du denn da?« – *Franzl*: »Ich schmücke mein Heim!« (Mgg. Bl.)

*

Stilblüte.

Eine höhere Tochter sollte einen Aufsatz über Goethes Leben liefern und schrieb dabei: Goethe war nicht gerne Minister, weil er sich lieber geistig beschäftigte. (Jgd.)

*

Jägerpech.

»I' komm' halt nie zum Schießen! Entweder begegnet mir a' alt's Weib oder a' jung's Deandl!«

*

Festfreude.

»Unserem Herrn ist die Frau mit dem Buchhalter, durchgegangen! Weiß er es schon?« – »Nein! Ich heb' ihm die Nachricht für morgen auf; morgen ist sein Namenstag.(Fl. Bl.)

*

Berliner Hochdeutsch.

»Willem! lauf man schnell zum Schlächter!« sagte ein Berliner in seinem schönsten Spreedeutsch zu seinem Lehrjungen, »ich lasse ihm sagen, daß er mich das Schwein und meinen Bruder den Ochsen nächsten Sonnabend schlachten muß. Et jiebt ein Familienfest, wo der Schmaus von uns Beede anjerichtet wird. Bring noch meine Frau die fette Jans mit, die dort injesetzt worden is.«

*

Malitiös.

»Wir Frauen haben doch ein viel tieferes Gemüt!« –»Gewiß; deshalb fallen wir Männer auch so leicht hinein!« (Fl. Bl.)

*

Familienbad.

A.:»Nun, macht das Spaß im Familienbad?« –

B.:»Ja, wenn man keine Familie hat.« (Jgd.)

*

Neues Uebel.

»Wo ist denn Ihre Frau?« – Sie ist nicht disponiert Kriegt eben die dritten Zähne. (Mgg. Bl.)

*

O weh!

»Nun, mein Junge,« fragte mit süßem Lächeln ein heiratslustiger alter Junggeselle das Söhnchen seiner geliebten Witwe, das er mühsam auf den Knien schaukelte,»wie gefällt Dir das nun so?«

»Recht gut, lieber Onkel! Gestern aber war's noch schöner, da habe ich auf einem *wirklichen* Esel geritten!«

*

Billige Noblesse.

»Du gibst aber auffallend viel Trinkgeld!« –»O, dafür gebe ich einige Glas Bier weniger an.«

*

Guter Rat.

»Vaterleben, soll ich Konkurs machen oder reich heiraten?« – »Erst Konkurs machen, dann reich heiraten!« (Mgg. Bl.)

*

Nicht so leicht.

Ein Diener, der eben eine Schüssel auf den Tisch setzen wollte, ließ dieselbe fallen, so daß sie in Stücke zerbrach. –»Das ist keine

Kunst,« sagte sein Herr, »das kann ich auch!« – »Hm,« schmunzelte Johann, ein schlagfertiges Hamburger Kind, »nachdem ichs Ihnen erst vorgemacht habe!«

*

Aus Amerika.

»Vor zwei Jahren«, so schrieb ein amerikanisches Blatt, »heiratete Mr. John ein junges Mädchen mit so brennend rotem Haupthaar, daß er zum Schutz seiner Augen eine blaue Brille tragen mußte. Durch das längere Zusammenleben ist nun die Nase des Gatten so rot geworden, daß die Gattin eine grüne Brille tragen muß.«

*

Er hat's gespürt.

Lehrer: »Warum nennt man die Woche vor Ostern die *Marter*woche?«

Schüler: »Weil in ihr das Examen stattfindet.«

*

Sicherer Trost.

Patient: »Und ist es denn gewiß, daß ich wieder genesen werde?«

»Unfehlbar,« ruft der *Arzt*, und zieht ein Papier mit vielen Zahlen aus der Tasche. »Sehen Sie hier die Statistiken über Ihren Fall: Sie finden, daß ein Prozent der mit Ihrem Leiden Behafteten gerettet wird.«

»Und damit wollen Sie mich beruhigen?« fragt trübselig der Kranke.

»Allerdings. Sie sind der Hundertste gerade –, den ich mit dieser Krankheit in Behandlung habe, die andern neunundneunzig sind alle gestorben, also Sie sind der Eine, der leben bleibt.«

Kurze Geschichten

Andreas Stroinski

Eine Gemeinderatssitzung.

Da die Gemeinderatsmitglieder bis auf eines, das übrigens selten anwesend war, erschienen waren, so eröffnete der Bürgermeister die Verhandlungen. Einige unwesentliche Punkte wurden debattelos erledigt, gutgeheißen oder abgelehnt, je nachdem der Vorsitzende dafür oder dawider gesprochen hatte.

Dann verlas der letztere ein Gesuch um käufliche Ueberlassung des der Gemeinde gehörigen sogenannten Hirzberges. Ein Schießklub aus einer benachbarten Stadt hatte das Gesuch eingereicht, um auf dem Hirzberg einen Schießstand zu errichten. Der Bürgermeister befürwortete das Gesuch sehr warm. Dazu hatte er einen Grund, den er allerdings nicht jedem zu sagen brauchte. Die Gründe aber, die er vorbrachte, waren einleuchtend genug. Der Hirzberg sei ja doch für die Gemeinde völlig wertlos. Auf dem kiesigen Boden wüchsen, wie die Herren ja wüßten, nicht einmal Kiefern, und zudem biete der Schießklub eine recht annehmbare Summe dafür: Fünfhundert Mark. Die Herren würden gewiß einhellig ihre Zustimmung zu dem Verkaufe des unbrauchbaren Grundstückes geben.

Die Gemeindevertreter nickten.

Nur einer verlangte das Wort.

Der Bürgermeister schien die Wortmeldung überhört zu haben. Ein Taschentuch ziehend, machte er sich an seiner Nase zu schaffen und entlockte derselben einige Donnertöne, die aus einer mißtönigen Trompete zu kommen schienen.

Die übrigen Gemeindevertreter lächelten ironisch, blickten einander vielsagend an und höhnisch auf den sprechenwollenden Gemeindevertreter.

Der war ein sozialdemokratischer Arbeiter, der einzige in der Gesellschaft von Ackerern, Kleinbürgern und Spießern, der nicht der »Bürgermeisterpartei«, angehörte.

Der Sozi erklärte sich gegen den Verkauf des Hirzberges. Man solle nie Gemeindeland abtreten; später sei man vielleicht gezwungen, dasjenige, was man vorher sozusagen verschenkte, für schweres Geld wieder zurück zu kaufen. Uebrigens sei auch der Hirzberg nicht wertlos. Die Gemeinde lasse es sich viel losten, den zu den Wegeverbesserungen nötigen Kies von einem Privatunternehmer zu entnehmen. Warum beute man nicht den kieshaltigen Hirzberg aus und mache eine Kiesgrube aus ihm? Ohne Zweifel würde dann die Gemeinde ihren Kies sehr viel billiger haben, und sie könne obendrein beschäftigungslosen Gemeindeangehörigen im Winter nutzbringende Arbeit geben.

Da hättet ihr das Gemeinderatsmitglied, den Rentner Müller sehen sollen! Erregt sprang er auf. Denn er war Sandgrubenbesitzer, Lieferant von Kies und Sand an die Gemeinde.

Ob der da, der Arbeiter nämlich, etwas von einem Grubenbetriebe verstehe? Die Herren könnten versichert sein, daß er aus den Lieferungen nicht den mindesten Nutzen ziehe. Nein, er gebe bares Geld dabei zu! Wenn die Gemeinde beabsichtige, eine Kiesgrube in eigene Regie zu übernehmen, – der Bürgermeister schüttelte den Kopf – so werde sie bald einsehen, wohin das führen werde, zumal wenn sie Löhne zahlen wolle, wie er sie seinen Arbeitern zahlen müsse.

Die Gemeindevertreter außer dem Sozi nickten.

Nun erhob sich der Ochsenwirt. Er sagte: In dem städtischen Schießklub seien alles noble, vornehme Herren, die dürfe man nicht vor den Kopf stoßen.

Und die brächten dem Ochsenwirt viel Geld, hatte der Sozi gerufen.

Der Vorsitzende schellte und gab dem Zwischenrufer einen scharfen Verweis. Dergleichen Zwischenrufe seien unstatthaft, er würde nicht zugeben, daß die Gemeinderatssitzungen auf den Tiefstand sozialdemokratischer Versammlungen herabsinken würden.

In diesem Augenblick öffnete sich die Türe des Sitzungssaales, und das noch fehlende Gemeinderatsmitglied trat ein.

Der Bürgermeister, die Gemeindevertreter erhoben sich beim Anblick des Eintretenden, denn dieser war der Herr von Mayer, ein Rittergutsbesitzer und der kapitalkräftigste Mann der Gemeinde.

Der rote Sozi war natürlich sitzen geblieben; unhöflich, wie diese Leute sind.

Rasch war Herr von Mayer, über den Verhandlungspunkt verständigt. Er erhob sich denn auch und sagte: Er würde es nie dulden, daß der Schießklub den Hirzberg ankaufe. Dieser läge ja in unmittelbarer Nähe seiner Waldungen. Ob die Herren wohl dächten, seine Rehe und Hasen hätten keine Nerven? Die ewige Knallerei würde sie nervös machen und verscheuchen, und aus diesem Grunde lehne er das Kaufgesuch des Schießklubs glatt ab. Und der möge freundlichst einmal aufstehen, der ein so wahnsinniges Projekt zu verteidigen wage!

Es stand aber keiner auf.

Lange Gesichter machten sie. Nur der Sozi grinste; schadenfroh, wie diese Leute sind.

Und dann waren die andern alle einstimmig der Meinung, daß es einfach Tierquälerei sei, wolle man nicht die einfachste menschliche Rücksicht auf die Nerven der Hasen und Rehe nehmen. Wir leben doch wohl in einem humanen Zeitalter, betonte der Bürgermeister und sah sich zornig um,

Und also wurde das Gesuch des Schießklubs abgelehnt.

*

J. P. Hebel.

Der Zahnarzt.

Zwei Tagediebe, die schon lange in der Welt miteinander herumgezogen, weil sie zum Arbeiten zu träg oder zu ungeschickt waren, kamen doch zuletzt in große Not, weil sie wenig Geld mehr übrig hatten, und nicht geschwind wußten, wo nehmen. Da gerieten sie auf folgenden Einfall, Sie bettelten vor einigen Haustüren Brot zusammen, das sie nicht zur Stillung des Hungers genießen, sondern zum Betrug mißbrauchen wollten. Sie kneteten nämlich und drehten aus demselben lauter kleine Kügelein oder Pillen und bestreuten sie mit Wurmmehl aus altem zerfressenem Holz, damit sie völlig aussahen wie die gelben Arzneipillen. Hierauf kauften sie für ein Paar Batzen einige Bogen rotgefärbtes Papier bei dem Buchbinder (denn eine schöne Farbe muß gewöhnlich bei jedem Betrug mithelfen); das Papier zerschnitten sie alsdann und wickelten die Pillen darein, je sechs bis acht Stücke in ein Päcklein. Nun ging der eine voraus in einen Flecken, wo eben Jahrmarkt war, und in den roten Löwen, wo er viele Gäste anzutreffen hoffte. Er forderte ein Glas Wein, trank aber nicht, sondern saß ganz wehmütig in einem Winkel, hielt die Hand an den Backen, winselte halb laut für sich und kehrte sich unruhig bald so her, bald so hin. Die ehrlichen Landleute und Bürger, die im Wirtshaus waren, bildeten sich wohl ein, daß der arme Mensch ganz entsetzlich Zahnweh haben müsse. Aber, was war zu tun? man bedauerte ihn, man tröstete ihn, daß es schon wieder vergehen werde, trank sein Gläschen fort und machte seine Marktaffären aus. Indessen kam der andere Tagedieb auch nach. Da stellten sich die beiden Schelme, als ob noch keiner den anderen in seinem Leben gesehen hätte. Keiner sah den anderen an, bis der zweite durch das Winseln des ersteren, der im Winkel saß, aufmerksam zu werden schien. »Guter Freund,« sprach er, »Ihr scheint wohl Zahnschmerzen zu haben?« und ging mit großen und langsamen Schritten aus ihn zu. »Ich bin der Doktor Schnauzius Rapunzius von Trafalgar!« fuhr er fort. Denn solche fremde volltönige Namen müssen auch zum Betrug behülflich sein, wie die Farben. »Und wenn Ihr meine Zahnpillen gebrauchen wollt,« fuhr er fort, »so soll es mir eine schlechte Kunst sein, Euch mit einer, höchstens zweien, von Euren Leiden zu befreien.« – »Das wolle Gott,« erwiderte der andere Halunk. Hierauf zog der saubere Doktor Rapunzius eines von seinen roten Päcklein aus der Tasche und verordnete dem Patienten ein Küglein daraus auf den bösen Zahn zu legen und herzhaft darauf zu beißen. Jetzt streckten die Gäste an den anderen Tischen die Köpfe herüber, und einer um den anderen kam herbei, um die Wunderkur mit anzusehen.

Nun könnt ihr euch vorstellen, was geschah. Auf die erste Probe wollte zwar der Patient wenig rühmen, vielmehr tat er einen entsetzlichen Schrei. Das gefiel dem Doktor. Der Schmerz, sagte er, sei jetzt gebrochen und gab ihm geschwind die zweite Pille zu gleichem Gebrauch. Da war nun plötzlich aller Schmerz verschwunden. Der Patient sprang vor Freuden auf, wischte den Angstschweiß von der Stirne weg, obgleich keiner daran war, und tat, als ob er seinem Retter zum Danke etwas Namhaftes in die Hand drückte. – Der Streich war schlau angelegt und tat seine Wirkung. – Denn jeder Anwesende wollte nun auch von diesen vortrefflichen Pillen haben. Der Doktor bot das Päcklein für 24 Kreuzer, und in wenig Minuten waren alle verkauft. Natürlich gingen jetzt die zwei Schelme wieder einer nach dem anderen weiter, lachten, als sie wieder zusammenkamen, über die Einfalt dieser Leute und ließen sich 's wohl sein von ihrem Geld.

*

Freddy Wiegand-Meuring

Der Igel

Eine Fabel.

Es war einmal ein Mädchen, das liebte einen Mann mehr als ihr Leben, Sie schenkte ihm alles, was sie besaß, und als sie endlich nichts mehr besaß, gab sie ihm ihr Herz zu eigen, damit sie niemals einen anderen Menschen als ihn lieben könnte. Und sie heiratete ihn.

Der Mann war sehr glücklich und stolz darüber und hob das Herz des Mädchens in einem goldenen Kästchen vorsichtig auf. Er konnte nicht genug den herrlichen Schimmer des jungen Herzens bewundern. Sein Anblick gab ihm Ruhe und Frieden in den schwersten Stunden seines Lebens. Wenn er zu verzweifeln glaubte, genügte ein Blick auf sein Heiligtum, um ihn wieder aus seinem Elend emporzuheben.

Nun geschah es aber, daß er plötzlich all sein Geld verlor und bei einem bösen, harten und ungerechten Herrn in den Dienst treten mußte. Er, der nie ein Unrecht an anderen gelitten hatte, mußte jetzt selbst Unrecht erdulden. Das verbitterte ihn, und in seinem Groll schaute er immer weniger nach dem schönen Herzen, das, ihn so gern getröstet hätte und das, wenn er sich ihm näherte, immer höher und freundlicher zu schlagen begann. Endlich wurde er durch die Niederträchtigkeit seines Herrn fast zur Verzweiflung gebracht. In ihm kochte und brauste der Zorn wie eine wilde Flut und drohte ihn zu ersticken. Nur mit seinen letzten Kräften vermochte er sich noch zu beherrschen. Unerträglich schien ihm der Gedanke, daß er immerfort werde alles dulden müssen, ohne sich jemals an seinem Folterer rächen zu können. Da keimte allmählich in ihm das Bedürfnis, irgend jemandem wehe zu tun, jemand zu foltern, so wie er gefoltert wurde.

Er war allein im Zimmer und ging mit geballten Fäusten auf und ab. Eine Nadel lag auf dem Tische. Ohne etwas dabei zu denken, hub er sie auf und drückte sich die scharfe Spitze in den Finger. O, wenn er seinem Feinde hätte diese Nadel ins zuckende Herz stechen können! – Aber war das nicht ein entsetzlicher Gedanke! Doch er sah keinen Ausweg, so namenlos unglücklich fühlte er sich. –

Da erblickte er eine kleine Schachtel; schnell öffnete er sie. Richtig, darin bewahrte er ja das Herz auf, das ihm einst sein Mädchen geschenkt hatte. Den Goldschrein hatte er längst verkaufen müssen. Früher stärkte und beruhigte ihn das Herz; heute aber übermannte ihn plötzlich wieder seine ganze Wut. Rot schimmerte es vor seinen Augen; eine höllische Begierde, zu verwunden, zu töten, beherrschte ihn – und mit rauhem Lachen stieß er die scharfe Nadel in das weiche Herz. Es war ihm, als würde es einen Augenblick weiß wie Schnee, jedoch er täuschte sich wohl nur, denn gleich darauf war es wieder rot wie bisher, – Augenblicklich war er beruhigt, sein Haß war verschwunden, er fühlte sich frei und erleichtert, fast zufrieden und glücklich, – Als er aber die Nadel sah, die tief in dem roten Herzen steckte, schämte er sich, und wollte sie schnell wieder herausziehen. Das gelang ihm indes nicht, trotz aller Kraft, die er aufbot; die Nadel war im Herzen wie festgewachsen. Da verbarg er das Gesicht in die Hände und schluchzte laut auf. –

Während der folgenden Tage wagte er kaum aufzublicken, immer wieder sah er das rote Herz vor sich, in dem eine seine spitze Nadel steckte. Aber allmählich gewöhnte er sich auch daran, und endlich vergaß er den Vorfall fast ganz.

Es kam ihm schließlich vor, als hätte die Nadel schon seit Jahr und Tag in dem Herzen gesteckt.

Als er eines Tages wieder einmal in großer Wut war, fiel ihm sofort das Herz mit der Nadel wieder ein. Und jetzt besann er sich nicht lange. Den dummen Gedanken, das rote Ding sei ein lebendiges Herz, hatte er sich schon längst aus dem Kopf geschlagen. Auch wußte er kaum noch, woher er das Geschenk erhalten hatte. Einen Augenblick später steckte eine zweite Nadel in dem Herzen. Das leise Schamgefühl, das in ihm aufstieg, erstickte er bald.

Jahre vergingen und die Anzahl der Nadeln vermehrte sich rasch. Es geschah immer öfter, daß der Mann voll Groll und Bitterkeit heimkam.

Allmählich fing er an, ein wahres Vergnügen daran zu finden, das Herz zu durchstechen, und er tat es auch oft, wenn er gar keinen Grund dazu hatte – nur so zum Zeitvertreib.

Schließlich konnte er es gar nicht mehr lassen. Und jedesmal, wenn er das Herz berührte, triefte Blut in seine Hand.

Bald steckten die Nadeln so dicht, daß man nicht mehr unterscheiden konnte, was für ein Ding es sei. Da rief er wütend aus: »Verwünscht! Das ist ja ein Igel!« – Kaum hatte er das gesagt, so wurde das Ding lebendig; es kam auf ihn zu, und er sah, daß es tatsächlich ein Igel war.

Seit diesem Tage hatte der Mann keine Ruhe mehr; der Igel folgte ihm überall. Er lag auf seinem Stuhl, wenn er sich setzen wollte, er stach ihm in die Füße, sobald er stillstand, und wenn er sich abends todmüde und abgehetzt ausruhen wollte, lag an der Stelle des Kopfkissens der Igel, der seine scharfen Nadeln ausreckte und ihn mit seinen kleinen Aeuglein boshaft anblinzelte.

Nach ein paar Tagen hielt der Mann es nicht mehr aus. Er band den Igel in ein Tuch und ging zu seiner Frau, die er seit langem völlig gemieden hatte. Er warf das stachelige Ding auf den Tisch und sagte: »Da hast du dein schönes Herz zurück, ich will es nicht mehr!«

Es war ihm jetzt wieder eingefallen, woher der Igel stammte. Sie aber antwortete, ohne einen Blick darauf zu werfen: »Was redest du? Ich habe ja kein Herz mehr. Einst habe ich es dir geschenkt, das ist schon sehr lange her ... aber es gehört dir in alle Ewigkeit!« ... Darauf schrie er wütend:

»Es ist ja gar kein Herz mehr, du hast es verzaubert!«

Da lachte seine Frau laut auf: »Was redest du für Unsinn! Das sollte mein Herz sein? Es ist ja ein Igel! –« Obgleich der Mann beteuerte, es sei wirklich ihr Herz, zuckte die Frau gleichgültig die Achseln und sagte: »Du wirst es wohl besser wissen. Aber nun bitte entferne dich, das Tier ist mir unangenehm.« Und damit ließ sie ihn stehen. –

Seitdem verließ ihn der Igel keinen Augenblick.

Nach ein paar Jahren ward der Mann irrsinnig. In Lumpen gekleidet, eilte er durch die Gassen und floh vor seinem Verfolger. –

Er wird jetzt wohl längst gestorben sein, seine Leiche hat man nie gefunden. Doch von Zeit zu Zeit behaupten die Leute, sie hatten den Mann mit dem Igel gesehen.

*

Eisblumen.

»Steck' doch die Lampe an, Mutter,« bat die junge Frau, welche eifrig an einer Nähmaschine hantierte.

Die bebrillte Alte stand nun ihrem Stuhl in der Nähe des Ofens auf, legte den Strickstrumpf beiseite und zündete die Lampe an. Dann öffnete sie das Fenster und ließ den aus Sackleinwand gefertigten Wettervorhang herunter. Ein kalter Luftzug strömte herein.

»Mach' bloß zu, Mutter!« Die junge Frau schüttelte sich.

Die Alte hatte das Fenster geschlossen und fuhr prüfend mit dem Zeigefinger über die Scheiben: »Sie kommen schon wieder!«

»Wer? Ach so: die Eisblumen! Nu ja! Je kälter es ist, desto besser blüh'n sie. Und ich glaube, in unserm Ofen ist keine Spur von Glut mehr.«

Die Alte schüttelte bekümmert den Kopf. Dann trat sie zu einem Bett, in welchem trotz der frühen Abendstunde bereits zwei Kinder ruhten: »Die haben's am besten! Die schlafen schon.«

Die junge Frau sah kurz auf: »Ja. Die frieren nicht.«

Die Alte seufzte, warf sich ein Tuch um und nahm ihren Strickstrumpf wieder zur Hand. Monoton klapperten die Nadeln.

Die Nähmaschine ratterte eintönig.

Draußen ging die Dämmerung in tiefes Dunkel über. Ein kalter Wind blies und spielte mit dem Wetterrouleau, das hin und wieder flatschend gegen das Fenster schlug.

In den Scheibenecken keimten die Eisblumen auf. Sichtbar reckten die Strahlen sich aus; Sternchen um Sternchen schoß heran ...

»Vater bleibt so lange,« sagte die junge Frau plötzlich.

Die alte Frau nickte: »Er rennt sich noch die Hacken ab. Und es hat doch keinen Zweck. Es nützt ja alles, alles nichts.«

»Soll er etwa hier zu Hause hocken?« Die junge Frau richtete sich energisch auf, »Am Ende bringen sie ihm Arbeit in die Wohnung, was? Mit Kopfhängen und so kommen wir nicht weiter. Es muß eben jeder auf'm Posten sein!« Mit einem kräftigen Fußtritt setzte sie die Nähmaschine wieder in Bewegung: »'mal muß sich doch 'was finden!«

»Darauf warten wir schon acht Wochen.«

»Red' bloß nicht so, Mutter! sonst –!« Die junge Frau sah mit zuckenden Lippen hinüber: »Wenn wir erst 'n Mut verlieren, können wir uns gleich begraben lassen!«

Die Alte nahm eine ihr entfallene Masche auf und wiegte den grauen Kopf hin und her. »Um jede Stelle streiten sich zwanzig Mann.«

»Und einer kriegt sie!« Die junge Frau stieß es trotzig heraus, »Das ist eben wie's große Los.« Und mit mühsamem Galgenhumor fügte sie hinzu: »Warum soll'n wir nicht auch mal 's große Los gewinnen?«

Die Alte lachte kurz: »Nu ja!«

Die Tochter fuhr fort: »Morgen ist Liefertag. Und übermorgen Weihnachten. Die paar Mark, die ich kriege, sind schon weg. Verschiedene warten schon d'rauf. Ach, Kinder, was werden wir für'n

Fest haben! Eisblumen statt 'nem Tannenbaum!« Sie lachte grollend auf, »Wenn bloß die verdammte Kälte nicht wäre! Die Feuerung ist einem ja nötiger fast wie's liebe Brot! Der Ofen frißt uns noch auf!« Sie wandte den Blick ärgerlich zum Fenster: »Nu kuck' bloß 'mal, wie das schon wieder hochkriecht. Ich mag gar nicht hinsehen!«

Lautlos, wie drohende Polypen, streckten die Eisblumen ihre Fäden und schwellenden Adern aus. Zur Hälfte schon waren die Scheiben dick bedeckt – und immer höher wuchs es in seltsamen, phantastischen Blüten ...

Im Korridor läutete die Glocke. Die Alte öffnete.

Ein junger Bursche trat herein, auf dem Rücken einen Kasten mit Braunkohlen. Er grüßte kurz und lud seine Last am Ofen ab.

»Nanu, wer hat'n die bestellt?« Verwundert fragte es die junge Frau,

Der Bursche schichtete die Kohlen auf: »Ihr Mann. Bezahlt sind se schon. Und Se soll'n es heute 'mal ornt'lich warm machen. Morjen kommt mehr. N'abend,« Er schwang den leeren Kasten aus den Rücken und ging.

»Das begreif' ich nicht,« rief erstaunt die Frau,

»Bezahlt sind sie sogar?« Die Alte schüttelte den Kopf. Dann machte sie sich ans Einheizen.

Die beiden Frauen ergingen sich in allerlei Vermutungen, woher die Mittel des Mannes stammen könnten, »Vielleicht hat er bei 'ner Gelegenheitsarbeit heute 'n paar Mark verdient,« sagte die Alte.

Im Ofen brannte das Feuer. Die Alte griff zu ihrem Strickstrumpf. Beide Frauen verharrten schweigend. Eifriger als zuvor arbeitete die Nähmaschine.

Noch immer stiegen die Eisblumen empor. Ihre letzten Ausläufer stießen schon an die Querleisten des Fensters. Und noch immer wuchsen sie ...

Plötzlich wurde die Flurtür geschlossen; schnelle Schritte näherten sich der Stube.

Gespannt sahen die Frauen nach der Tür.

Der Mann trat herein, ein großes Brot unterm Arm. Fröhlich grüßte er. Er legte das Brot auf den Tisch und beförderte aus seinen Taschen mehrere kleine Packete heraus: »So, Kinder! Da habt Ihr 'was zu essen!« Er schmunzelte die erstaunten Frauen an, ging zum Bett, strich sich den bereiften Bart und küßte die Kinder: »Nu braucht Ihr nicht mehr mit den Hühnern in die Klappe zu gehen! Von jetzt an wird die Stube jeden Tag hübsch warm gemacht!«

Die Kinder erwachten und jubelten dem Vater zu.

Die Alte rückte an ihrer Brille hin und her als sähe sie nicht richtig: »Na, nu sage 'mal, Emil –?«

Er legte der Alten die Hände auf die Schultern, sah ihr gerade ins Gesicht und lachte: »Ich habs große Los gewonnen, Mutter!«

»Arbeit?« Die Hoffnung erleuchtete das fragende Gesicht der jungen Frau.

»Ja Lene!« Er umarmte sie. »Hab' heute schon geschafft, Vorschuß genommen. Nu wird alles wieder besser! Und 'nen kleinen Tannenbaum für die Kinder schaffen wir auch noch ran!« ...

Der Ofen verbreitete einen warmen Hauch im Zimmer. Von den Scheiben begann es zu tropfen. Langsam, ganz allmählich krochen die drohenden Eisblumen in sich zusammen. –

*

W. W. Jakobs

Kapitän Bosselmanns Extratour.

Humoreske

Naß und schwarz lag die Nacht über der alten nordischen Seestadt, die Straße längs der sogenannten »Vorsetzen« war öde und verlassen, der Schein der spärlich vorhandenen Laternen glitzerte auf den nassen Steinen, und die Schiffe drüben auf dem Flusse lagen in Finsternis.

»Fein Wedder,« sagte Kapitän Bosselmann, als er aus der Tür der Wirtschaft »Zum silbernen Dorsch« trat und mit unsicheren Fingern den schweren Rock zuknöpfte. Dann verfehlte er die Stufe und stolperte mit unfreiwilliger Geschwindigkeit eine ganze Strecke auf den weiten Platz hinaus. Als er das Gleichgewicht wieder erlangt hatte, schlug er den Rockkragen hoch, schob die Hände in die Taschen und schritt rüstig durch den Regen. Ein Gang von fünf Minuten, bei dem er nicht immer geraden Kurs zu steuern vermochte, brachte ihn zur »steinernen Treppe«. Hier wich er mit geschickter Wendung nach Steuerbord der Ecke der Mauerbrüstung aus und tappte dann vorsichtig die Stufen hinunter, die zum Wasser führten.

»Wohin?« fragte eine neben ihm auftauchende Schattengestalt.

»An Bord, min Engel; Schoner »Maria Christina«, liggt in de bütelste Reeg,« antwortete der Kapitän, in die an den unteren Stufen liegende Jolle steigend und sich schwerfällig im Achterteil derselben niedersetzend. »Dunnerlüchtung, worum hebbt Ji keen betere Duchten in Jug verdammten Kahn?«

»De Duchten sünd good 'nog,« entgegnete der Jullenführer ruhig; »versöken Se s' man, dor sitt sik dat beter up, as up de Pütz dor.«

Jetzt erst merkte der Schiffer, daß er sich auf einen Eimer gesetzt hatte,

»Verdammi!« grollte er, »worum liggen de Duchten nich so, dat man ehr sehen kann?«

Um lange und fruchtlose Auseinandersetzungen zu vermeiden, begnügte der andere sich damit, seinen Fährlohn zu verlangen, »damit der Ballast besser verteilt würde«. Der Fahrgast aber ignorierte dies, und so stieß er brummend ab und rojte mit kräftigen Reemenschlägen über die finstere, unruhige Flut dahin, nach Art seiner Zunft aufrecht und nach vorn schauend im Boote stehend.

Die Strömung lief stark, man kam daher nur langsam vorwärts.

»As ick noch jung wer,« bemerkte Kapitän Bosselmann im Tone beißenden Vorwurfs, »dünn harr ick de Joll' in düsse Tid all zweimal hin un torügg rojt.«

»As Se noch jung wern,« entgegnete der Bootsführer, »dünn gew dat noch gor keen Jollen, dunn paddelten de Lüd as Wille Männer up Boomstämm int Water rümmer.«

»Holl den Snut,« versetzte der Schiffer nach längerem Nachdenken.

Der andre, von Natur nichts weniger als redselig, spuckte in die Hände und rojte gleichmäßig und angestrengt weiter, bis eine Reihe dunkler massiger Gegenstände, überragt von einem Wirrsal von Masten, Raaen und Takelwerk, vor ihnen sichtbar wurde.

»Weck is nu Ehr lütt Kahn?« fragte er, indem er sich abmühte, in der reißenden Flutströmung die Jolle auf einem Fleck festzuhalten.

»Maria Christina,« sagte der Fahrgast.

»Süh, dat's nett,« versetzte der Jollenführer. »Also de »Maria Christina«. Nu fitten Se rein still, Kaptein; ick roj achter all de Schepen rümmer und Se lüchten mit'n Rietsticken un lesen all de Nams. Dat ward noch 'ne nüdliche Abendunnerhollung.«

»Dor is se,« rief der Schiffer, dem der Kopf so brummte, daß er den Sarkasmus in des Fährmanns Rede nicht heraushörte. »Dor liggt dat lütte, nüdliche Fohrtüg. Stöddee, <u>Stetig, dem englischen »steady« nachgebildet.</u> Mann!«

Er erhob sich, streckte den Arm aus, und als das Boot unsanft gegen die Schiffswand anstieß, faßte er eine Leine, die über die Reeling herab hing, und kramte aus seiner Hosentasche Geld hervor.

»Stöddee, ohl Mann!« sagte der Jollenführer nun seinerseits liebevoll. Er hatte aus Versehen Zwei Markstücke an Stelle von zwei Zwanzigpfennigstücken erhalten. »So, nu sacht rup in de Rüsten. Se sünd nick mehr ganz so slank und flink, as dunntomalen, wo Ehr lew Fru mit Se so anführt ward.«

Der Schiffer hielt im Klettern inne und angelte mit dem rechten Fuß nach dem Kopfe des boshaften Jollenführers. Da er denselben aber nicht fand, schwang er das Bein über die Reeling und landete auf dem Deck des Schoners gerade in dem Augenblick, als die Jolle, schnell dahintreibend, in der Finsternis verschwand.

Er blickte um sich; kein lebendes Wesen zeigte sich an Deck.

»Alle Mann intörnt,« <u>Eingeschlafen.</u> murmelte er. »Noch good anderthalw Stunn, ehr dat Dag ward; ick törn ok in.« '

Langsam schritt er achteraus, schob den Deckel der Kampanjeluk zurück, stieg in die kleine übelriechende Kajüte hinunter und tastete hier in der dicken Finsternis nach Streichhölzern. Sein Bemühen war vergeblich; fluchend fühlte er sich endlich in die Kammer hinein und streckte sich wie er ging und stand in die Koje.

Als er nach einiger Zeit wieder erwachte, war es noch immer Nacht; er kletterte vorsichtig aus seiner Lagerstatt heraus und stand dann eine Weile und kratzte sich den Kopf, der ihm zu ungeheuren Dimensionen angeschwollen zu sein schien.

»Nu ward dat aber Tid, dat wie utgahn,« murrte er endlich vor sich hin; dann dirigierte er sich tappend und tastend zu einer anderen Tür, die zum Boudoir des Steuermannes führte. Er schob sie auf und steckte den Kopf hinein. »Stüermann!« rief er.

Keine Antwort. In der Meinung, den Gesuchten bereits an Deck zu finden, stapfte er die enge Treppe hinauf. Das Deck war noch so öde und verlassen, wie er es vorhin gefunden. Er trat an die Reeling und schaute ins Wasser, um zu sehen, wie es mit der Strömung stände. Die Ebbe mußte demnächst einsetzen. Auf einigen Schiffen in der Nähe ertönte bereits das »Klick-Klack« des Ankerspills, ein Zeichen dafür, daß sie sich anschickten, unter Segel zu gehen. Ein Ewer glitt geräuschlos vorüber; der Schein seiner roten Laterne schien das Wasser mit Blut zu übergießen.

Bei diesen Merkmalen erwachenden Lebens und beginnender Tätigkeit regte sich in dem Busen des Kapitäns der »Maria Christina«, angesichts der Verödung auf seinem eigenen, nassen Deck, eine gerechte Empörung. Er begab sich nach vorn und beugte sich in die Logiskappe hinein.

Wie er erwartet hatte, schnarchte dort unten noch alles im Chor; sechs Seeleute schlummerten noch sanft und süß, unbekümmert um die Empfindungen ihres Schiffers, um die Strömung draußen und um die gänzlich ungenießbare Stickluft in ihrem engen, unventilierten Loche.

»Törn ut! Törn ut dor!« brüllte der Schiffer. »An Deck mit jug, ji fules Rackertüg!«

Das Geschnarch verstummte.

»Jawoll!« antwortete eine verschlafene Stimme. »Wat is los?«

»Wat los is?« wiederholte Kapitän Bosselmann entrüstet. »Weet ji nich, dat wie hüt morgen in See gohn?«

»Hüt morgen?« ließ sich eine andere Stimme voll Erstaunen vernehmen. »Ich dacht, wi güngen erst Mittewochen in See.«

Der Schiffer verbiß die Antwort, um sich seinen Untergebenen gegenüber nicht zu vergessen; er lehnte sich schnaubend über die Reeling und vertraute seine Gedanken den schweigenden Fluten. In unglaublich kurzer Zeit kamen die Seeleute aus dem Logis an Deck herauf gepoltert, und zwei Minuten später erscholl der Doppelschlag der Pallen auch ihres Unkerspills in die Ferne hinaus.

Kapitän Bosselmann stellte sich ans Ruder. Ein schläfriger Matrose brachte die Seitenlaternen außerhalb der Reeling an, der kleine Schoner löste sich mit Hülfe von Bootshaken und Fendern aus der Reihe der übrigen Fahrzeuge und trieb langsam mit der Ebbströmung flußabwärts. Den Befehlen des Schiffers gemäß liefen die Matrosen die Wanten hinan und bald breitete sich Segel um Segel dem sanften Morgenwinde entgegen.

»He, du dor!« rief der Schiffer einen jungen Menschen an, der mit dem Aufschießen der Brassen und Fallen beschäftigt war.

»Jawoll, Kaptein,« antwortete der Matrose, herzukommend.

»Wonem is de Stüermann?«

»De Stüermann? Het de verlicht'n gelen Bort un 'ne rode Näs?«

»Ganz recht.«

»Den heww ick gestern vörmiddag sehn, as wi anmustern deden, Hernachens aber nich wedder,« berichtete der Matrose.

»Woveel nige Lud sünd dor vorn int Logis?« forschte der Schiffer weiter.

»Ick glöw, wi sünd alltohopen nige Lud,« war die Antwort.

»So. Un de Stüermann is nich an Bord. He supt to veel. He kann dat nicht laten. He is all mal dessentwegen torüggblewen. Wenn een dat Drinken nicht verdrägen kann, denn so schall he dat nahlaten, dat mark di, min Jung.«

»He het seggt, dat wi erst Mittewochen utlopen schüllen.«

»He ward sin Bantje (seinen Posten) verleern,« entgegnete der Schiffer. »So'n Stüermann kann sik vergolden laten!«

Der Matrose kehrte zu seiner Arbeit zurück, und der Kapitän fuhr fort, in düsterem Schweigen sein Fahrzeug zu steuern.

Langsam, ganz langsam graute der Tag. Die verschiedenen Gegenstände und Schiffsteile, anstatt noch länger ein dunkles, verschwimmendes Chaos zu bilden, lösten sich von einander, jedes Ding nahm seine besondere Gestalt an und zeigte sich deutlich, wenn auch naß, in dem kalten, grauen Lichte des anbrechenden Morgens. Allein, je heller es wurde, desto verwunderter starrte der Schiffer um sich, desto häufiger rieb er sich die Augen; bald schaute er von dem Schoner nach den flachen Ufern hinüber, bald ließ er die Blicke ängstlich und betroffen über das Deck schweifen.

»Heda!« rief er endlich einem von der Mannschaft zu. »Kommt Ji mal her!«

Der Mann trabte heran.

»Ich weet nich,« begann der Schiffer, »ick heww wat in min Ogen. Dat passeert ja woll ens mal. Nu seggt mi doch um Gottes willen, staht de Swinkoben dor vür de Kombüs, are staht de Swinkoben achter de Kombüs?«

»Achter de Kombüs,« antwortete der Mann und sah den Kapitän verwundert an.

»So, also achter de Kombüs,« wiederholte dieser sinnend. »Denn heww ick ganz recht sehn. Hm. Mein Sohn!« wendete er sich beinahe feierlich an den Matrosen, »gestern stand der Schweinekoben vor der Kombüse!«

Der Seemann vernahm diese erstaunliche Mitteilung mit Seelenruhe. Und sagte nur, gleichsam dem Schiffer zu Gefallen:

»Wo kann't angohn!«

»Nu seggt mi mal,« fuhr der Schiffer fort, »woans sünd de Waterfaten (Wasserfässer) malt?«

»Grön,« sagte der Mann.

»Nich witt?« fragte der Schiffer, sich schwer auf das Rad lehnend.

»Witt-grön,« antwortete der Matrose, der einer von denen war, die ihren Vorgesetzten gern zu Munde reden.

Kapitän Bosselmann unterdrückte einen Fluch. Einige der Mannschaft, die dieses Zwiegespräch mit angehört hatten, waren näher getreten und stierten ihren sonderbaren Kapitän offenen Mundes an.

»Lüd,« nahm der letztere endlich wieder das Wort, indem er unruhig Und nervös an den Speichen herumgriff, »Lüd, ick kann un will kein Nams nich nennen – weet ok keen Nams nich – aber dor sünd weck dorbi west un hebben de Kramstücken an Deck von düssen Schoner anners malt un ganz un gar ut de Reeg bröcht, so dat een ganz verbiestern un verbasen kann. Wat schall dat bedüden?«

Keiner antwortete. Das zunehmende Morgenlicht brachte die Gegenstände an Deck immer deutlicher zu Gesicht, und des Schiffers Antlitz wurde bleicher und bleicher.

»Junge, Junge,« murmelte er, »ick bün jo woll rein verrückt worn! Is dat Schipp hier de »Maria Christina«, ore bin ick in'n Droom?«

»De »Maria Christina« is dat nich,« versetzte einer der Matrosen, »wenigsten war se dat nich, as ick an Bord kam.«

»De »Maria Christina« is dat nich?« schrie der Schiffer. »Wat vör'n Schipp is dat denn?«

»De »Anna Karolina«,« antworteten die Matrosen im Chor.

»Lüd,« sagte der Schiffer nach einer langen Pause mit matter Stimme, »Lüd –«, er fuhr mit der Hand an seine Kehle, als hindere ihn da etwas am Sprechen, »Lud – hol mi de Dübel, ick bün mit en falschen Schoner ünner Seils gohn! Ick bün jo woll behext west!«

»Wokein ward nu sin Bantje verleern?« höhnte einer aus der Gruppe der Matrosen. »Wokein kann sik nu vergolden laten?«

»Mul hollen!« donnerte Kapitän Bosselmann, sich gewaltsam aufraffend. »Denn helpt dat nu nich. Wi möten wedder torügg. Klar bi Fallen und Geitauen!«

Kichernd und kopfschüttelnd begaben die Matrosen sich auf ihre Posten; die »Anna Karolina« barg ihre Segel, ließ den Anker fallen und wartete geduldig auf den Eintritt der Flut.

Die Kirchenuhren hatten die Mittagsstunde verkündet; es regnete schon längst nicht mehr. In einer Jolle, mitten auf dem Strome, standen zwei Männer, ein untersetzter stämmiger Kapitän und sein gelbbärtiger, rotnasiger Steuermann; sie starrten sich gegenseitig wie sprachlos vor Erstaunen an.

»Uns' Schoner is weg!« rief der erstere, als er endlich Worte fand.

»Jo, weg is he, soveel seh ick nu ok woll,« bestätigte der Steuermann, seine Blicke flußabwärts schweifen lassend. »Kann dat woll angohn, dat ne nige Mannschaft mit em utneiht is?«

Der Schiffer knirschte eine schier endlose Reihe von Flüchen hervor. Der Jollenführer aber rojte das Boot näher an die Reihe der Schiffe heran.

»Schoner ahoy!« preiete er das nächste derselben an. »Wo is de »Anna Karolina« afblewen?«

»De is hüt morgen Klock halbig twee nach See to gohn,« lautete die Antwort.

»Ick bring hier nämlich den Kaptein un den Stüermann von ehr,« erklärte der Jollenführer, mit dem Kopf auf das ratlose Paar deutend.

»Gott schall mi bewohrn!« sagte der Mann an Bord des Schoners. »Denn het de Kock jo woll dat Kommando öwernahmen. Wi schullen hüt morgen ok utgahn, uns' Ohl is aber noch nich an Bord kamen.«

Die erstaunliche Kunde flog von Schiff zu Schiff, und bald wurden die beiden verwirrten Männer in der Jolle von allen Seiten mit den verschiedenartigsten Ratschlägen, Bemerkungen und Witzen überschüttet. Da plötzlich, gerade als der Schiffer den Fährmann anwies, wieder an Land zu fahren, stieß der Steuermann einen lauten Ruf aus.

»Kiek dor!« gröhlte der Gelbbärtige.

Der Kapitän drehte den Kopf nach der angegebenen Richtung. Ein kleiner Schoner kam mit der Flut flußaufwärts daher, ganz langsam, als sei er verlegen und schäme sich. Er hielt auf die Lücke in der Reihe ab, und bald erhob sich ein allgemeines Gelächter und

Hurrageschrei. Es war die »Anna Karolina«, die sich wieder an ihren alten Platz zu legen im Begriff war.

Ehe dies aber noch geschehen konnte, hatten sich ihr Schiffer und ihr Steuermann bereits an Bord geschwungen, wo Kapitän Bosselmann ihnen entgegentrat, sekundiert wiederum von seinem Steuermann, denn er war schon vorher von der »Maria Christina« zum Beistand seines Schiffers herbeigeeilt. Es stellte sich heraus, daß er, soweit Bart und Nase in Betracht kamen, dem Steuermann der »Anna Karolina« tatsächlich nicht unähnlich war, was Kapitän Bosselmann bei seiner Verteidigung denn auch wiederholt betonte, zum Mißbehagen beider Steuerleute.

Wer weiß, wohin die Auseinandersetzungen noch geführt hätten, wenn Kapitän Bosselmann nicht auf den glücklichen Einfall gekommen wäre, ein gemeinschaftliches Mittagsmahl und einen guten Trunk im »Silbernen Dorsch« vorzuschlagen; die Kosten wollte er bestreiten. Da klärten die Gesichter sich auf, der Jollenführer brachte die vier Herren an Land, und so kam unseres Schiffers Extratour zu einem guten und fröhlichen Ende.

Lehrreiches

Streikende Vögel.

Wer mit der Eisenbahn im Frühjahr oder im Sommer von Breslau nach Liegnitz fährt, dem fällt auf der Nordseite der Linie, kurz vor Liegnitz, wohl eine weite, mit Tausenden von weißen Vögelchen belebte Wasserfläche auf. Es ist der Kunitzer See, einer der fünf Seen des Katzbachtales, der eine Fläche von 110 ha, bedeckt und eine etwa 1 ha, große Insel umschließt. Die Tiefe des Sees, der fast ausschließlich von Grundquellen gespeist wird, erreicht an einigen Stellen 15 Meter. Der Westrand des Sees ist versandetes Flachufer und malerisch von einem Teile des Dorfes Kunitz, der langgestreckten Seegasse, umschlossen. Die Insel erscheint, vom Ufer gesehen, als langgestreckte grüne Wiesenfläche, aus der nur an einer Stelle ein riesiger eratischer Block, etwa 1½ Meter hervorragt,

Was den See besonders interessant macht, das ist seine Möwenkolonie auf der Insel. Alljährlich Mitte März bis Anfang April kommen die Möwen in großen Scharen aus dem Norden und lassen sich auf der grünen Insel nieder. Zu Zehntausenden bedecken die weißen Tierchen die Insel, die dann einem in fortwährender wallender Bewegung befindlichen großen weißen Tuche gleicht. Die Möwe, die sich bisher auf der Kunitzer Insel in einer Anzahl von 20- bis 30 000 aufhielt, ist die Lachmöve (Larus ridibundus), ein Vogel von reichlich Taubengröße mit grauem Federkleid, das unten in Weiß übergeht, rotem Schnabel und roten Füßen. Bald nach seiner Ankunft beginnt er mit dem Nesterbau; bald darauf – gewöhnlich Mitte April – fängt die Legezeit an, die einige Wochen andauert. Die geschätzten Eier sind etwas kleiner als die Hühnereier, ihre Grundfarbe ist grünlich, unbestimmt dunkle Flecke kennzeichnen sie. Zu Beginn der Legezeit werden sie in Liegnitz mit 30 bis 50 Pf. bezahlt, sie erreichten sogar schon den Preis von 75 Pf. Sobald die Ernte ergiebiger wird, geht der Preis sehr zurück, gewöhnlich bis auf 20 und 15 Pf. Die Ablese erfolgt in der Weise, daß die Sammler am frühen Morgen in Kähnen nach der Insel fahren, wo die Eier dann unter Anwendung größter Vorsicht in Tragekörben gesammelt werden. Die Möwen steigen dann zu vielen Tausenden in die Lüfte und kreisen um die Insel zu solcher Zeit bietet der See, der übrigens oft einen kräftigen Wellengang aufweist, einen besonders interessanten Anblick. Auf den Wellen schaukeln die eleganten Vögel und die Luft ist erfüllt von dem Geschrei der großen Schwärme, die, aufgeregt über den See streichend, die Abfahrt der Kähne nach dem Ufer abwarten, worauf sie sich wieder niederlassen, um das Brutgeschäft fortzusetzen.

Ueber die Erträge der Kunitzer Eierernte macht Kollibah in seinem Buche über die Vögel Schlesiens folgende Mitteilungen. Die Kunitzer Möwenkolonie besteht erst seit Anfang vorigen Jahrhunderts. Am 1. und 2. Mai 1879 wurden 3120 und 2593 Eier gesammelt, trotzdem gingen noch massenhaft junge Tiere an Nahrungsmangel ein. Im ganzen wurden damals jährlich 18 000 Stück Eier gewonnen. Nach späteren Berichten muß sich die Zahl der Inselgäste bis 1900 verdoppelt haben; sie wurde auf 10 000 Brutpaare geschätzt, denen jährlich etwa 40 000 Eier genommen werden. Jetzt ergibt die Ablese in den ersten Wochen täglich 29 bis 40 Schock, in den nächsten vier Wochen – etwa bis Ende Mai – täglich 50 bis 60 Schock Eier, danach beziffert man den jährlichen Ertrag der Möweneier-Ablese auf 5- bis 7000 Mk. Es ist dabei allerdings zu berücksichtigen, daß die Möwen den Fischen stark zusetzen, daß sie fast ausschließlich von kleinen Fischen leben. Daher kommt es auch, daß die letzten Fischzüge im See kein der Größe und Tiefe des Tees entsprechendes Resultat hatten. Immerhin birgt der See noch riesige Exemplare von Welsen, Karpfen und Hechten.

In diesen Verhältnissen ist nun plötzlich eine Aenderung eingetreten. Am Nachmittage des 8. April gegen 5 Uhr erhoben sich die Möwen mit großem Gekreische von der Insel, um vorläufig nicht mehr zurückzukehren. Der Besitzer des Sees, Rittergutsbesitzer Jurock in Kunitz, ließ natürlich sofort der Ursache dieser merkwürdigen Erscheinung nachforschen. Indessen wurde kein plausibler Grund entdeckt. Tag und Nacht wurde die Insel bewacht, ohne daß man etwas Besonderes bemerkt hätte. Es wird u. a. vermutet, daß Mäusebussarde auf den Bäumen am Ufer nisten, die zeitweise auf der Insel nach den in diesem Jahre sehr zahlreichen Mäusen jagen. Indessen ist auch die Annahme anfechtbar. Von anderer Seite wird behauptet, daß sich Fischottern an der Insel angesiedelt hätten. Es ist auch nicht ausgeschlossen, daß sich die Möwen durch Mäuse oder Wiesel beunruhigt fühlen, Tatsache ist, daß auf dem See nur noch einige Tausende der schlanken Vögel umherflatterten, die Insel dagegen ängstlich mieden.

Die Mehrzahl der Möwen hat sich in der Umgegend zerstreut. Besonders die benachbarten Seen, der Jeschkendorfer und der Koischwitzer See, sind mit Möwen stark bevölkert. Auch westlich von Liegnitz, in der Nähe des Pansdorfer und des Jakobsdorfer Sees, haben sich Möwen zu Hunderten angesiedelt. Es besteht die Gefahr, daß die Möwen, wenn nicht bald die Ursache ihrer Flucht entdeckt bezw. beseitigt wird, die Möweninsel künftig gänzlich meiden oder gar die Liegnitzer Gegend verlassen, da sie sowieso dazu neigen, in größeren Zwischenräumen ihre Brutstätten zu wechseln.

Die Kunitzer Möwenansiedelung besteht seit etwa 50 Jahren. Vor Jahresfrist meldeten süddeutsche Blätter, daß um die Mitte des vorigen Jahrhunderts herum eine starke Möwenkolonie auf einem kleineren See der Schweiz plötzlich eingegangen war, weil die Möwen eines schönen Tages sämtlich auf Nimmerwiedersehen davongeflogen waren. Um dieselbe Zeit soll die Möwenansiedelung auf dem Kunitzer See entstanden sein. Es wird angenommen, daß es sich um ein und dieselbe Möwenschar handelt, und die Kunitzer Möwen ursprünglich Schweizer waren. Sollten sie jetzt vielleicht dorthin zurückkehren? In Schlesien sind die Bartschniederung und das Fallenberger Seengebiet beliebte Massenbrutstätten der Lachmöwen. Vorläufig streift man eifrig mit Schießgewehren und anderen Werkzeugen die Umgegend des Sees ab, um jedes sich zeigende Raubzeug zu vertilgen. Die Möwen aber streikten noch Wochen nach ihrem jähen Aufstieg.

*

Die Butter.

Die Butter ist wahrscheinlich von den alten Hirtenvölkern zuerst entdeckt und hergestellt worden. Auf ihren Wanderungen von Ort zu Ort, Weide suchend für ihr Vieh, führten sie die Milch ihrer Kühe, die ihnen willkommene, fast einzige Nahrung bot, in Schläuchen mit sich. Durch das Schütteln im Innern dieser Schläuche, auch durch die Hitze der Tage schieden sich die Fetteile als fester Bestand von der mehr wässerigen Flüssigkeit, diese festen Fetteile, die aus den Schläuchen entfernt wurden, waren die »Urbutter«, Vorläufer unserer heutigen Butter, die ja noch nie – besonders für den Rohgenuß – durch ein gleich edles tierisches Fett ersetzt ist und ersetzt werden wird. Griechen und Römer des Altertums wußten nichts von der Butter, sie gebrauchten schon damals zum Fettmachen und Braten ihrer Speisen das Olivenöl. Allein der weitgereiste Solon, der in nördlichere Zonen gedrungen war, kannte den Gebrauch und wahrscheinlich auch die Bereitung des Milchfetts. In der Zeit vor Herodes berichtet Hecatäus von den Paonern, die in Pfahldörfern am Strymon wohnten, daß sie sich mit aus Milch gewonnenem Oele salbten. Außer den Skythen und den Thrakern haben auch die Phrygier Butter bereitet. Sie setzten Sklaven um hohe, hölzerne, wahrscheinlich aus Baumstämmen gebildete Gefäße und ließen diese die darin befindliche Milch zu Butter rühren. Unser vereinzelt noch heute auf dem Lande zu findendes bekanntes »Handbutterfaß« ist ohne Zweifel mit nur kleinen Verbesserungen eine Nachbildung jener primitiven echten Butterfässer. Auch den Israeliten war die Butter nicht ganz unbekannt, wie wir aus den Bibelsprüchen Salomonis Kapitel 30, Vers 33, entnehmen, wo es heißt: »Wenn man Milch stößt, so kommet Butter daraus.«

Den Deutschen jener fernen Urzeit, die kein Oel von ihren Bäumen entnehmen konnten, war das Milchfett natürlich auch bekannt und willkommen. Zwar brieten sie ihr Wildpret wohl ohne Butter, d. h. sie rösteten es über Feuer am Spieße, aber sie haben sich früh in ihrer Küche der Butter bedient, sie wahrscheinlich neben Eiern, Honig und gemahlenem Getreide schon zu einer Art Teig verwendet. Hier scheidet sich auch wohl die Beschaffenheit der Butter der orientalischen Hirtenvölker von der Butter, die der germanische Stamm bereitete, erstere war dickflüssig, mehr an Oel erinnernd, während die deutsche Butter feste Gestalt annahm. Auch die Erfindung des Knetens, Salzens und Waschens der Butter stammt aus dem Norden. In früheren Zeiten, als Haus und Apotheke noch fest zusammenhingen, war die Butter, wie heute vereinzelt auf dem platten Lande noch, auch ein bewährtes Heilmittel und man machte vielfach Salben daraus. Dazu gebraucht die Apothekerkunst heute andere Fette, der Butter gehört allein der Platz auf dem Tische, denn in der Küche ist ihre Herrschaft nicht mehr ganz unbestritten, seit andere, billigere tierische Fette (z. B. Rindstalg und in wohlfeileren vergangenen Zeiten Schweine- und Gänsefett) sowie sogenannte

Kunstfette durch vermehrte chemische Wissenschaft und Fortschritte der Fabrikation sich eingeführt haben. Butter wird roh auch zumeist in Norddeutschland und dem nördlichen Europa gegessen, ihr Verbrauch ist z. B. in südlicheren Gegenden Oesterreichs weit geringer. Norddeutschlands »Butterbrote« sind etwas, was man im Süden nicht kennt. Jahrhundertelang war man bei der alten Bereitung der Butter stehen geblieben, wenn auch die menschliche Kraft hier und dort durch Maschine oder Pferd ersetzt wurde. Vor ungefähr 30 Jahren entstand dann die Zentrifugenbutterei, welche eine Aenderung im deutschen Meiereiwesen insofern herbeiführte, als auf großen und kleineren Gütern die eigene »Holländerei« vielfach eingestellt und die Milch an in den Städten entstehende Meiereien (Genossenschaftsmeiereien) geliefert wurde.

*

Die Battak.

Im heißen Zentralsumatra lebt ein interessantes Mischvolk, das aus einer kleineren Rasse und einem feineren, größeren, dunkleren, durch dünne Lippen ausgezeichneten Stamme entstanden ist. Wie Professor Volz kürzlich vor der Gesellschaft für Erdkunde berichtete, zählen die Battak etwa eine Million Seelen und leben mit Malaien gemischt. Originell sind ihre Haus- und Dorfanlagen. Es sind auf Pfählen gebaute Holz- und Bambushäuser mit sehr hohem Dach und Giebel, der durch Bilder der Schutzgötter derart verziert ist, daß die Figuren an ihrer Rückseite konstruktiv mit dem Dache verbunden sind. Die Häuser der primitiveren Karobattak haben einen Flur von 8 bis 12 und 10 bis 18 Meter Länge, eine Altane, enthalten etwa bis zu sechs Feuerstellen und dienen 8 bis 12 Familien zur Wohnung; das Haus der südlicher wohnenden Pakpal hat dagegen stets nur eine Feuerstelle. Die »Bales«, die Versammlungshäuser für die Männer und Schlafräume für die Junggesellen darstellen, sind zumeist durch Schnitzereien verziert. Dort spielen die Männer, rauchen und trinken gemeinsam. Die Karo kennen solche Bales nicht. Daneben gibt es Reishäuser, in denen der Reis gestampft wird und Totenhäuschen mit kleinen Monumenten (Standbildern) zum Andenken an die Verstorbenen. Bei den Toba umgibt ein viereckiger, bei den Pakpak ein runder Zaun die Dorfanlage. Die Toba weben und färben ihre Kleidung selbst; rot und blau sind die beliebtes-

ten Farben, auch wissen sie Muster einzuweben, die auf Hindukul-
tureinflüsse deuten; die Pakpal sind ein degenerierter Stamm; sie
benutzen importierte Stoffe als Kleidung. Die Frau hat alle Arbeiten
auf dem Lande zu besorgen, während der Mann zumeist raucht
und etwa nur die Rodung für ein neues Feld ausführt, Jagd und
Krieg sind sein Geschäft; Reis, Mais und süße Kartoffeln werden
angebaut. Nach dreijährigem Anbau folgt zehnjährige Ruhe des
Feldes. Es herrscht die Kaufehe; der Preis für eine Frau richtet sich
nach dem Preise, der einst für deren Mutter bezahlt worden ist, er
schwankt zwischen 14 bis 1000 Dollars (1 Dollar zu 2 Mark gerech-
net). Die Karobattak zerfallen in fünf Margas (Geschlechter). Heirat
innerhalb der Marga ist verboten, die Tiere, die derselben Marga
angehören, dürfen von deren Angehörigen nicht gegessen werden.
(Die Stände scheiden sich nach dem Besitz). Kannibalismus (Men-
schenfresserei) wird an Kriegsgefangenen und verurteilten Verbrechern als Schimpf geübt, aber nur von den Männern. Auf Ahnen-
kult und Geisterglauben beruhen die religiösen Anschauungen der
Battak. Beschwörung von Geistern, dabei aber kritische Prüfung der
Medien ist nichts Seltenes.

*

Meerkabel.

Vor etwa fünfzig Jahren erst begann man damit, Telegraphenlei-
tungen ins Meer zu versenken. Heute liegen allein zwischen Europa
und Nordamerika siebzehn Kabel, von denen jedes einen Wert von
mindestens zwölf Millionen Mark repräsentiert; sieben davon werden betrieben, zehn dagegen sind unbrauchbar – tote Kabel, wie der
Kunstausdruck lautet –, und mit diesen zehn sind 120 Millionen
Mark unwiederbringlich in den Ozean versenkt. Die sieben in Betrieb stehenden Kabel nach Nordamerika haben zusammen eine
Länge von 30 000 Kilometer, alle unterseeischen Kabel der Erde,
soweit sie benutzt werden, haben dagegen 200 000 Kilometer Länge,
das heißt, sie würden den Aequator fünfmal umgürten können. Ihr
Wert dürfte sich, da ein Kabel von 1000 Kilometer Länge mindestens 2½ Millionen Mark kostet, auf 500 Millionen belaufen. In Wirklichkeit ist mehr, weit mehr in den Schoß des Meeres gesenkt worden, da eine ungeheure Zahl von Kabeln zwei-, ja dreimal gelegt
werden mußte, bevor eines glücklich ohne Verletzung ausgeführt

wurde. Besonders die erste Periode der großen Kabellegungen war
verlustreich. Zwischen 1851 und 1860 sind etwa 20 000 Kilometer
Kabel verlegt worden, die bald allesamt dienstunfähig wurden.
Damit waren allein 50 Millionen Mark ins Wasser geworfen. Länger
als die berühmten nordatlantischen Kabel ist übrigens das große
südamerikanische Kabel von Europa nach Buenos-Aires, dessen
Herstellung auf etwa 40 Millionen Mark veranschlagt wurde, während seine gesamte Länge reichlich 11 000 Kilometer beträgt. Der
Stille Ozean ist, von kleinen Strecken abgesehen, noch ohne Kabel.
Doch wird schon seit Jahren eine Kabelverbindung von Nordamerika nach Japan, China und Australien geplant – eine Linie von etwa
20 000 Kilometern. Das wäre dann das größte derartige Unternehmen; es würde ungefähr 100 Millionen Mark losten.

*

In Korea.

In der »Deutschen Japan-Post« war vor kurzem zu lesen: Das un-
glücklichste Volk der Welt ist zurzeit das von Korea, gedemütigt,
aus der Liste der Nationen gestrichen, bestimmt, aufgesogen zu
werden oder auszusterben. Und doch hat die Geschichte Beispiele,
daß verloren geglaubte Völker sich in ständiger, ruhiger Arbeit
wieder festigten und den glorreichen Eroberer aus dem Lande hin-
ausjagten. Wie steht es mit der Zukunft Koreas? Diese Frage ist
gleichbedeutend mit der: Wie ist die koreanische Mutter beschaf-
fen? Wie wird die koreanische Jugend erzogen? Erschrecklich groß
ist die Sterblichkeit der Kinder in Korea. Ein Missionar, ein Ameri-
kaner, erzählt: Kinder werden genug geboren, Theodor Roosevelt
würde seine Freude daran haben. Aber alle Leute von 40 oder 50
Jahren, die ich kennen lernte, hatten mehr tote Kinder als lebende.
Es kam vor, daß ein alter Mann mir erzählte, seine ganze Familie
bestehe aus seinem Weibe, fragte man dann weiter, so hörte man: Er
hatte zehn Kinder gehabt, aber alle wären tot. Für die, die in Korea
längere Zeit gelebt hatten und die Dinge kennen wie sie wirklich
sind, erscheint es wie ein Wunder, daß dort überhaupt Kinder groß
werden. Wie viel unzählige Dinge beachtet nicht die sorgsame Mutter in europäischen Ländern, um von dem zarten Leben des Kindes
allen Schaden fernzuhalten! Alle diese Dinge sind in Korea überhaupt nicht bekannt! Kann man sich eine deutsche Mutter ohne

Wasser und Seife vorstellen? Die Koreanerin weiß gar nicht, daß es so etwas wie Seife in der Welt gibt. Wasser kennt sie, aber nur als Getränk und als Mittel zum Kochen von Reis usw. Daß man in Wasser baden kann, ist ihr nie eingefallen, Kindern würde das sogar schaden. Wenn man den angewachsenen Schmutz vom Kopfe des Kindes entfernte, würde der Wind zu sehr herankommen. Eine Koreanerin, die noch keine sauberen Europäerkinder gesehen hat, hielt es für Kindesmord, dem armen Wurm den Kopf zu seifen. Alle Kinder, die man in Korea zu sehen bekommt, sind so mit Schmutz bedeckt, daß man die Kopfhaut nicht erkennen kann. Tausende von Koreanern gibt es, die in ihrem Leben nie gebadet haben. Wiegen oder weiche Kinderbetten sind unbekannte Dinge in Korea. Das Kind liegt auf dem steinernen Erdboden, der mit alten Lumpen bedeckt ist. Unterhalb des Erdbodens laufen Röhren, durch die der Rauch der Küche seinen Abfluß findet. Ein ganz praktisches Heizsystem für den Winter, aber es ist nur im Betriebe, wenn in der Küche gekocht wird. Das Kind wird im August beinahe gebraten, im Dezember leidet es bittere Kälte. Gemildert werden diese Zustände allerdings dadurch, daß das Kind vielfach auf dem Rücken der Erwachsenen herumgeschleppt wird, d. h. der »Erwachsenen« vom Großvater abwärts bis zum fünfjährigen Schwesterchen. Was die Kleidung betrifft, so ist sie ganz ungenügend. Das Kind ist in einfache Baumwolle gehüllt wie die Erwachsenen, nur noch nachlässiger, so daß der Wind durch die Löcher pfeift. So ist es bei reich und arm; die Sitte herrscht, nicht der Unterschied des Besitzes. Im starren Winter sieht man Kinder halbnackt herumlaufen. In der Nahrung ist das koreanische Kind auf die natürliche angewiesen. Einen anderen Weg kennt die Mutter nicht. Ist die natürliche Quelle unzureichend oder versiegt sie zu früh, so bekommt das Kind Wasser zu trinken, in dem Reis gekocht war, und es wird mit gekochtem Reis vollgestopft, soviel es nur schlucken kann. Andere Kenntnisse von Ernährung der Kinder hat man nicht. Langt das Kind nach etwas anderem, was eßbar ist, so läßt man es auch dies verzehren; kein Mensch fragt, ob es verdaulich ist oder nicht. Dabei hat Korea Kühe und Ziegen in Fülle; der Genuß der Milch ist aber unbekannt. Es ist klar, daß so aufgebrachte Kinder, wenn sie nicht schon in zartem Alter dahingehen, keine große Widerstandsfähigkeit gegen Krankheiten haben. Dazu kommen aber noch die wahnsinnigen Heilmethoden des Volkes. Daß von Prophylaxis (Vorbeugung), vom Schutz der Kinder gegen die Gefahr der Ansteckung kein Gedanke vorhanden ist, versteht sich von selbst. Kinder, die mit Pocken, Typhus oder Scharlach behaftet sind, spielen in den Straßen mit den anderen zusammen, solange sie können. Geht es dann nicht mehr, so wird der »Arzt« gerufen. Der sieht sich das Kind an und sagt: »Es hat es innerlich, das muß heraus« – und dann sticht er mit einer rostigen Nadel aus seinem Gewande das Kind in den Unterleib, bis es aussieht wie eine Pfefferbüchse. Am nächsten Tage fragt der Arzt, ob das Kind besser wäre, ob es die Portion von gekochtem Reis oder das Pulver aus gerösteten Ratten gegessen hat usw. Das ist nicht der Fall, »Unbekannte Einflüsse, hm, hm! Versuchen wir etwas anderes!« Er streut dann ein Pulver auf den Kopf des Kindes und brennt das auf dem Körper ab, so daß ein rundes Loch in der Haut entsteht. Man kann die Male oft noch am Körper der Erwachsenen sehen. Bei solchen Zuständen kann man sich nur wundern, daß das Volk nicht schon längst ausgestorben ist. Aber diese östlichen Rassen halten vieles aus, was bei Europäerkindern undenkbar wäre.

*

Versteinerte Bäume.

Eines der größten Naturwunder ist der Wald versteinerter Bäume von *Arizona*, den die amerikanische Regierung unter ihren Schutz stellt und so der Nachwelt erhält. An und für sich sind ja versteinerte Bäume keine Seltenheit; die Umgebung von Kairo weist schöne Exemplare auf, und neuere Ausgrabungen in Algier und Tunis haben Stätten einer versteinerten Vegetation freigelegt. Aber nichts von dem allen läßt sich mit der grandiosen Einöde von Arizona vergleichen. Es ist ein ganzer mächtiger Wald, der ein weites, mehrere Meilen langes, fast einen Kilometer breites und 15 bis 20 Meter tiefes Tal ausfüllt. Die ganze Gegend ist öde und wüst. Die Abhänge dieser gewaltigen Aushöhlung der Erde bieten nur eine verkrüppelte Vegetation dar; man findet versteinerte Bäume von jeder Größe und jedem Umfang. Hier und da erheben sich versteinerte Baumstümpfe, Ueberreste von Bäumen, die der jähe Temperaturwechsel zerbersten ließ, und die nur noch in Trümmern von 0,80 Meter bis 7 Meter Länge übrig geblieben sind. Am interessantesten sind natürlich die Baumstämme, die der Zeit und der Witterung getrotzt haben und noch in Riesengröße dem Blick sich darbieten. Mehrere von ihnen haben eine Länge von 70 Meter mit einem Durchmesser von 1,35 Meter. Ein solch gewaltiger Baumstamm führt den Namen der »versteinerten Brücke«. Er ist über einen tiefen Abgrund gelagert; seine beiden Enden verbinden die felsigen Abhänge miteinander.

*

Indianische Signale.

Der Stamm der Irokesen hat eine Dichterin unter sich: Tekahienwake. Sie war vor, kurzem in London und entwarf in einem englischen Blatte die folgende Schilderung gewisser indianischer Gebräuche: »Viele Monde, bevor ich den mokassinbekleideten Fuß in Londons Straßen setzte, hörte ich einen Ton, seltsamer als all die unzähligen Geräusche dieser tausendzüngigen Stadt, dieser Haut schmerzte mein Ohr nicht, wie der mißtönende Lärm der hinhastenden Menschen, aber obwohl er melodisch und leise zu mir klang, erfüllte er doch die ganze Nacht mit Schrecken und machte mein Blut erstarren. Es war der Todesschrei der Irokesen, der da zu mir kam durch die schweigende Stille, der bedeutungsschwerste, durchdringendste Ruf, der den Lippen des roten Mannes entflieht. Er wird nur ausgestoßen, wenn dem Volke der Tod eines großen Häuptlings oder das Nahen eines Kriegers verkündet werden soll. Der erfinderische Verstand des weißen Mannes hat viele Wunder erdacht, um vogelschnell die Kunde wichtiger Geschehnisse überall hin zu verbreiten. Als die »große weiße Mutter«, Englands Königin, vor fünf Jahren starb, da durchdrang die Nachricht das weite Waldgebiet des roten Mannes pfeilgeschwind. Da ward der »Todesschrei« zum letztenmal den Lauf des großen Stromes entlang gehört, der seinen silbernen Weg hin unter dem Himmel Kanadas sich bahnt. Steigt aus den murmelnden Wogen dieser Ruf zum Ohr des weißen Mannes empor, dann glaubt er wohl, den Geistergesang überirdischer Wassergötter zu hören; aber wir, die wir seit Jahrhunderten gelernt haben, dem Rauschen des Waldes und dem Klingen des Wassers zu lauschen, wir wissen, daß der Silberfluß die Klänge zu uns trägt. Ein Krieger hat das Gerücht vom Tode oder Kriege vernommen; sofort färbt er die Wangen rot, um den Kriegspfad zu betreten, oder schwarz, wenn er um den Häuptling trauert, und schleicht dann lautlos durch die Waldwildnis zum Rande des

Stromes. Ueber das Wasser beugt er sich tief herab und läßt den lang hingezogenen dumpfen Ruf hohl durch die Hände tönen, einmal, zweimal, dreimal, daß er geisterhaft über die Wellen schwebt. Dann lauscht er aufmerksam, bis ein schwacher Widerhall des Lautes zu ihm dringt. Meilenweit entfernt hat ein scharfes Ohr stromabwärts den Ruf vernommen, und nun klingt der Schrei weiter, bis er wieder von einem Irokesen gehört und aufgenommen wird. Bevor es dämmert, ist durch den ganzen Wald die Kunde gedrungen, und die Nachricht hat sich überall hin verbreitet. Ist der Todesschrei durch das Land gegangen und hat den Krieg verkündet, dann werden die Ketten von den Tomahawks genommen, die Kriegsfeuer lodern zum Himmel. Meldet aber der Todesschrei den Hingang eines großen, guten Häuptlings, dann tönt die Stimme der Klage durch den Wald. Der traurigste Ton, der durch das Herz des roten Mannes zu dringen vermag, schluchzt durch die Lüfte: Es ist das trostlose, hohle Dröhnen der indianischen Todestrommel. Feierlich und eintönig klagt sie Stunde um Stunde, Nächte nacheinander, und spricht des roten Mannes Trauer aus. So hörte ich den gefürchteten Todesschrei den Fluß hinausschleichen und die Todestrommel verhalten schluchzen. Und dann wurden die Todesfeuer aufgebaut, den Pfad zu erleuchten, den der Geist des Verstorbenen zu den weitentfernten glücklichen Jagdgründen zurücklegen muß. ... Weit im Lande der untergehenden Sonne, wo die Prärie noch Büffelspuren aufweist, teilten andere rote Stämme einander die Nachricht durch das geheimnisvolle Rauchsignal mit, das selbst der scharfsinnigste Weiße nicht verstehen kann, und das nur der Wigwambewohner kennt; trotzdem ist es schnell und einfacher als der surrende Zauberdraht der Blaßgesichter. Stets glimmt das Feuer in einem Indianerlager, damit vor allem schnell Nachrichten befördert werden können. In einem Augenblick wird die Flamme im Büffelgras erstickt, der Wigwam verlassen und die Tür geschlossen, und drei oder vier starke Männer ergreifen von außen die Pfosten und heben und senken den Bau mit schneller Bewegung. Der Rauch strömt in scharfen Stößen aus und warnt so vor dem nahen Feind, oder er steigt langsam in schweren Massen aus und berichtet von einer entscheidenden Schlacht. In den Gebieten, in denen der dichte Wald die Rauchsignale verhindert, werden die Nachrichten von Läufern befördert. Zu dieser Mission werden junge Leute erwählt, die ihre Widerstandskraft in harten Prüfungen erwiesen haben. Ganz unbeschwert bricht der Läufer auf, um vielleicht eine Strecke von 200 Meilen zurückzulegen; nur einen kleinen Beutel mit harten Fleisch-kuchen trägt er vorn in seinem wildledernen Hemd. Er läuft lang-sam, stetig, bedächtig, vom Morgengrauen bis zur Dunkelheit; sein Schritt bleibt unverändert, nie stockt ihm der Atem, er hält nicht an, um zu essen. Nachts findet er ein Lager unter den Büschen ...«

*

Diplomatie.

In seiner » *Hohenzollernlegende*« (Verlag Buchhandlung Vorwärts) schildert Genosse Maurenbrecher, wie Friedrich II. den Erobe-rungszug nach Schlesien in Szene setzte. Es war mehr ein Ueberfall als ein ehrlicher Krieg, da der Besetzung jener österreichischen Pro-vinz keine Kriegserklärung, nicht einmal eine diplomatische Aktion vorausgegangen war, Friedrich bemühte sich im Gegenteil, alle Welt zu täuschen. Während die Truppen bereits den Befehl erhalten hatten, zu marschieren – mit Marschroute nach Halberstadt, um die Richtung des Ziels zu verdecken – führte er in Rheinsberg das aus-gelassenste Leben, als denke er gar nicht daran, den Frieden ir-gendwie zu stören. Bezeichnend für diese Art der Diplomatie ist ein Brief, den wir in der »Hohenzollernlegende« abgedruckt finden, Friedrich schrieb in jenen Tagen aus Rheinsberg an einen Freund:

»Es gibt nichts Leichtfertigeres als unsere Beschäftigungen. Wir quintessenzieren Oden, radebrechen Verse, treiben Gedankenana-tomie, und bei alledem beobachten wir pünktlich die Nächstenliebe. Was tun wir noch? Wir tanzen bis uns der Atem ausgeht, schmau-sen, bis wir platzen, verlieren unser Geld im Spiel und kitzeln unse-re Ohren durch weiche Harmonien, die, zur Liebe lockend, wieder andere Kitzel erregen. Ein Hundeleben! werden Sie sagen, nicht von dem Leben hier, sondern von dem, das Sie in Kummer und Leiden führen. Genesen Sie von den Wunden der Cythere (Göttin des Lie-besgenusses), wenigstens lassen Sie uns von Ihrem Geiste Nutzen haben, wenn die Mädchen keinen von Ihrem Körper haben kön-nen.« –

Das war Ende November. Am 16. Dezember überschritten die Truppen die schlesische Grenze, am 3. Januar ergab sich Breslau, am 8. Januar Ohlau, am 9. März Glogau. Nur die Festungen Neiße und Brieg hielten sich noch. Und erst im März 1741 kam ein österreichisches Heer zum Entsatz herbei! Zu spät und zu schwach, um die Eroberung Schlesiens durch Friedrich verhindern zu können.

*

Wieviel sichtbare Sterne gibt es?

In der Regel nimmt man rund 100 Millionen an. Nach einer neuen Zählung von Gore muß aber diese Zahl als das äußerste Maximum bezeichnet werden. Gore zählte die Sterne auf den Photographischen Sternkarten von Dr. Roberts und fand, daß auf einem Quadratgrad in der Milchstraße selbst durchschnittlich 4137 Sterne zu sehen sind, aber nur 1782 in der der Milchstraße benachbarten Region. Indem Gore diese Ergebnisse mit den früheren Schätzungen von Professor Pickering über die Sterndichtigkeiten in der Milchstraße im Verhältnis zum übrigen Firmament verglich, ergab sich die Zahl von 64 184 757 sichtbaren Sternen. Wahrscheinlich ist aber dieser Betrag etwas zu klein, da jedenfalls die Bilder einiger schwächerer Sterne bei der Reproduktion der Robertschen Photographien zum Verschwinden gekommen sind.

*

Eine Flucht.

Dem »B. T.« wurde im Juni von seinem Petersburger Korrespondenten geschrieben:

Die gelungenen Fluchtversuche von Gerschuni und Deutsch aus Sibirien haben auch einen dritten wichtigen politischen Sträfling, Karpowitsch, den Mörder des Ministers der Volklaufklärung, Bogolepow, veranlaßt, trotz der strengsten Bewachung und aller getroffenen Maßnahmen aus Sibirien zu fliehen und seiner Gefangenschaft ein Ende zu machen. Nach der Flucht Gerschunis, dem die Regierung als Organisator vieler Attentate eine ganz besondere Bedeutung beilegte, war in den sibirischen Gefängnissen alles geschehen, um eine Wiederholung solcher Ueberraschungen zu verhindern. Das ohnehin strenge Gefängnisregime war noch weit strenger geworden, und die zur Ansiedelung Deportierten wurden mit doppelter Aufmerksamkeit überwacht. Auch war der strenge

Befehl erlassen, jeden Gefangenen beim ersten Fluchtversuch unerbittlich niederzuschießen und die Mitwisser eines Fluchtversuches aufzuhängen.

Unter diesen Umständen war es nicht leicht, Helfershelfer zu finden, aber der bekannte russische Schlendrian und die Nachlässigkeit der Beamten taten das ihre, und auf sie wurde der ganze Fluchtplan gebaut. Am 22. März führte Karpowitsch seine Flucht aus Sibirien aus, und erst jetzt, nach drei vollen Monaten, dringen die ersten näheren Nachrichten über die Ausführung der Flucht nach Petersburg. Karpowitsch sollte mit einer Abteilung Sträflinge nach Norden in den Kreis Bargufiny, nördlich von Werchneudinsk, gebracht werden. Diesen Moment hatte er zur Flucht ausersehen, und er begann, unter Mithilfe einer ganzen Reihe von politischen Sträflingen, seinen Fluchtplan zu organisieren und zu verwirklichen, bis ihm eines Tages ein Zettel zugesteckt wurde, auf dem die vielverheißenden Worte standen: »Alles ist bereit! Glückliche Reise!« Der Plan war in folgender Weise entworfen: Die Gefangenen hatten berechnet, daß ihre Gruppe am 21. oder 22. März spät abends in Werchneudinsk eintreffen mußte, 15 – 20 Kilometer vor der Stadt mußte der Gefangenentransport durch einen dichten Wald, und in diesem Wald sollte die Entscheidung fallen. Um die Flucht wenigstens eine kurze Zeit zu verdecken, sollte folgendes Manöver ausgeführt werden: Ein politisch Verbannter sollte mit einem einfachen Wägelchen an einem Kreuzwege im Walde warten, während etwas weiter ein flottes Dreigespann mit Kleidern usw. bereitstand. Das Pferd, das den Wagen zog, in dem Karpowitsch saß, sollte von ihm oder irgendeinem der anderen Gefangenen künstlich zum Lahmen gebracht werden, damit man gezwungen wäre, den mit Pferd und Wagen wartenden angeblichen Fahrknecht zur Weiterfahrt anzunehmen.

Drei Wochen vor Beginn des Weitertransports nach Bargusiny begann Karpowitsch über große Schwäche in den Füßen zu klagen und reichte, als ihm mitgeteilt wurde, daß er in kurzer Zeit nach Bargusiny gebracht werden würde, ein Gesuch ein, ihm die Fahrt dorthin im Wagen zu gestatten, weil er sie zu Fuß nicht zurücklegen könne. Dieses Gesuch wurde ohne weiteres bewilligt, jedoch hieß es ausdrücklich, Karpowitsch müsse den Wagen mit anderen Sträflingen teilen. Diese Verfügung drohte seinen ganzen Fluchtplan über den Haufen zu werfen, und er mußte es um jeden Preis durchsetzen, allein fahren zu dürfen. Kurz vor dem Aufbruch des Gefangentransportes, zu dem Karpowitsch gehörte, nahm er eine ziemlich starke Dosis Brechweinstein (Tartar emeticus) ein, die er sich durch den Gefängnisarzt zu verschaffen gewußt hatte, und bekam einen kaum zu stillenden Brechanfall. Nun wiederholte Karpowitsch seine Bitte um einen gesonderten Wagen, und diese Bitte wurde jetzt gewährt. Bis zum verabredeten Punkt im Walde verlief alles ohne jeden Zwischenfall. Am 22. März näherte man sich dem Walde, in dem die Flucht ausgeführt werden sollte. Einer der Gefangenen glaubte zu bemerken, daß das Pferd von Karpowitsch zu lahmen begänne und erbat sich, die Hufe zu besehen. Während dieser Besichtigung brachte der Gefangene dem Tiere mit seinem Messer einen Schnitt am Fuße bei, und rieb unbemerkt einige Körner Kampfer in die Wunde. Das Resultat dieses Kniffes war ein ganz wunderbares, denn das Pferd fing in kurzer Zeit derart an zu hinken, daß jeder eine Weiterstrapazierung des Tieres für überflüssig halten mußte. Der Leiter des Gefangenentransportes erklärte, daß er sofort einen anderen Wagen dingen würde, falls sich nur einer einfände, sonst müßte man bis zur nächsten Etappe warten.

Der Punkt, an dem der Helfershelfer Karpowitsch mit Pferd und Wagen erwarten sollte, war schon passiert, aber nichts war vom Fuhrknecht zu sehen gewesen. Da tönte der helle Ton eines Glöckchens durch den Wald, und ein Bäuerlein versuchte, den Gefangenentransport zu überholen. Der Offizier ritt selbst an den Bauern heran und dang ihn für den Weitertransport von Karpowitsch, worauf das Bäuerlein ohne viel zu handeln einging, Karpowitsch setzte sich auf das neue Gefährt und versank, indem er sich der Länge nach auf dem Stroh ausstreckte, scheinbar in einen tiefen Schlaf. Es begann zu dunkeln, und die übrigen Wagen schlugen ein schnelleres Tempo ein, um noch vor Einbruch der Nacht in Werchneudinsk einzutreffen. Der Offizier hatte im Hinblick auf die letzte lange Etappe alle Gefangenen in den Wagen fahren lassen. Bald war auch die Stelle erreicht, wo das Dreigespann in der Nähe warten sollte, da gerät am Geschirr des Wagens, in dem Karpowitsch fuhr, irgendetwas in Unordnung, und der Fuhrknecht verließ die Wagenzeile, um die Sache in Ordnung zu bringen und die anderen nicht aufzuhalten. Der Offizier ließ den Wagen ruhig passieren, warf einen

Blick auf den scheinbaren Schaden und rief dem Knechte zu: »Komm nur nachgefahren!« Nach wenigen Augenblicken war der Gefangenentransport mit seinem Convoi hinter einer Biegung verschwunden, und Karpowitsch frug seinen Fahrknecht: »Kehren Sie nicht um? Haben Sie nichts bemerkt?« Der verkleidete Knecht erwiderte: »Verhalle Dich still, gleich wird Dein Wagen hier sein.« Auf einen Pfiff bog auch schon ein schmuckes Dreigespann aus dem Waldweg auf die Hauptstraße, Karpowitsch kleidete sich in fliegender Eile um, schüttelte seinen Rettern nur die Hand, und die kleinen, zähen sibirischen Pferde wurden angetrieben, um auf einem weiteren Umwege auf Werchneudinsk zuzufahren und es vor dem Gefangenentransport zu erreichen.

Eine weitere Aufgabe bestand darin, die Aufmerksamkeit des Transportoffiziers möglichst lange zu täuschen. Zu diesem Zweck hielt sich der Fuhrknecht, der Karpowitsch gefahren hatte, nachdem er aus dem Walde heraus war, immer in einer recht beträchtlichen Entfernung vom Transport. Auch der zweite Teil des Planes gelang, da der Offizier das Verschwinden des Karpowitsch tatsächlich nicht bemerkte. Kurz vor der Stadt wurde der Gefangenentransport von einem flüchtig dahineilenden Dreigespann überholt, in dem ein ganz in seinen Pelz versteckter Herr faß. Keiner der schläfrigen Convoisoldaten erkannte in diesem Reisenden Karpowitsch, dem aus den Reihen der eingeweihten Gefangenen die Worte nachtönten: »Glückliche Reise!« – »Danke herzlich!« gab der Kutscher zurück, und bald war der Wagen den Augen der ihm sehnsüchtig nachblickenden Kameraden entschwunden, Karpowitsch wurde in Werchneudinsk in einem Hause abgeliefert, in dem er vor allen Nachstellungen der Polizei ziemlich gesichert war. Als sein Dreigespann in einem Wirtshause einkehrte, wurde dort schon von der Flucht eines politischen Gefangenen gesprochen, und es wurden Pferde gemietet, um dem Flüchtling nachzujagen ...

Als das Bauernwäglein, dem Karpowitsch anvertraut worden, leer in Werchneudinsk eintraf, geriet der Convoioffizier in Wut, aber das Bäuerlein schwor, von dem Verschwundenen nichts zu wissen, bis der Offizier es ihm glaubte und ihn seiner Wege ziehen ließ. Natürlich wurde auf Karpowitsch sofort energisch Jagd gemacht, aber vergeblich, denn keinem fiel es ein, daß sich der entsprungene Sträfling in Werchneudinsk aufhalten könnte. Eine Woche blieb Karpowitsch in Werchneudinsk und verließ an einem regnerischen trüben Abend zu Fuß die Stadt, um fünf Kilometer außerhalb ein bereitstehendes Gefährt zu besteigen, das ihn nach der nächsten Stadt bringen sollte. Dort angekommen, erfuhr er sofort, daß die Polizei eifrig nach ihm fahnde und täglich Hausdurchsuchungen vornehme. Er konnte sich dort unmöglich aufhalten und machte sich mit einem anderen politischen Ansiedler sofort auf den Weg, um die sibirische Bahn zu erreichen. Auch dieser Teil der Flucht glückte, obgleich der Flüchtling unterwegs zweimal angehalten und durchsucht wurde; sein ihm in Werchneudinsk zugesteckter Reisepaß lautete auf den Namen eines großen Viehhändlers und half ihm aus der Klemme, In Wladiwostok begab sich Karpowitsch sofort zum Hasen, um das erste beste Schiff zu besteigen. Es war ein japanisches Schiff, und er gab sich zufrieden. Nach zweiwöchentlichem Aufenthalt in Japan reiste Karpowitsch nach Amerika, wo er gegenwärtig weilt. Die gute sibirische Polizei sucht ihn aber immer noch in Sibirien, denn sie ist von ihrer Unfehlbarkeit fest überzeugt. Möge sie so bleiben.

*

Das Schwein in alter Zeit.

Die religiösen Vorstellungen der alten Völker gehen in bezug auf das Schwein in Liebe und Haß weit auseinander. Der Aegypter aß kein Schwein, ja er berührte es nicht. Aber trotzdem hielt eine zahlreiche Menschenklasse ganze Herden, hütete und aß sie. Kein Schweinehirt durfte in einen Tempel treten; die Hirten der Schweine galten für die Unreinen, die Ketzer im Lande und waren aller Rechte beraubt. Nur zu Ehren des Sonnengottes und der Mondgöttin wurde alljährlich ein Schweineopfer gebracht. Die Griechen opferten das Schwein beim Anfang der Ernte, beim Schließen der Bündnisse, wie auch bei Hochzeiten. Bei den Römern wurde das Schwein hoch geschätzt und geehrt. Wenn die Gnade der Götter feierlich für das römische Volk erfleht wurde, dann wurde neben einem Schafbock und einem Stier auch ein Eber in der Prozession mit herumgeführt. Im Mittelalter liefen die Schweine frei in den Straßen herum, selbst in den größten Städten. So mußte in Paris das Verbot, Schweine in den Straßen laufen zu lassen, mehrmals wiederholt werden.

Pflanzen-Edelsteine.

Die Natur ist die größte Künstlerin, die es gibt, denn sie erzeugt nicht nur die farbenprächtigsten, sondern bringt auch gleicherweise mikroskopisch feine und sehr groteske Gebilde hervor. Eine staunenerregende Tatsache ist es auch, daß die Früchte mancher Bäume eine steinharte Hülle haben, wie beispielsweise die Nüsse. In dieselbe Gruppe wunderbarer Naturerscheinungen gehört es auch, daß Pflanzen edelsteinartige oder perlenähnliche Gebilde erzeugen. So enthält das Bambusrohr auf den Philippinen, wie die Zeitschrift »Kultur und Natur« berichtet, einen dem Opal sehr ähnlichen Stein, der aber viel kostbarer als der Opal ist, da man ihn nur höchst selten entdeckt. Unter mehreren tausend Rohrstämmen, die abgeschnitten und genau untersucht werden, dürfte sich vielleicht nur ein einziger befinden, in dessen Innern sich dieser schöne grünlich-rosa schillernde Stein gebildet hat. Diese Bambusrohrsteine nennt man Tabaschirs. Auch im Innern mancher Kokosnuß befindet sich eine steinharte Absonderung, die dem Glanze der schönen echten Perle nichts nachgibt.

*

Pferdeverstand.

Ueber die geistige Befähigung des Pferdes ist schon viel geschrieben und gestritten worden. Daß es zu den intelligentesten Tieren gehört, wird niemand leugnen. Merkwürdig ist schon sein Erkennungsvermögen: es hört am Schritt, wann sein Herr naht, dem es entgegenwiehert, sich an ihn schmiegt, seine Hände leckt und ihn mit glänzend belebten Augen betrachtet, die seine Freude erkennen lassen. Aber auch Zeit- und Ortssinn sind dem Pferde in hohem Maße eigen. Häufig vermag es Ursache und Wirkung zu unterscheiden, sich Urteile und Schlüsse zu bilden. Wahrhafte Ueberlegung zeigte z. B. eine Herde Pferde, welche im April des Jahres 1794 auf der Elbinsel Krautsand plötzlich von der Springflut überrascht wurden und ihr nicht wie die Rinder durch Schwimmen entrinnen konnten, weil sie ihre Füllen bei sich hatten. In dieser kritischen Lage zogen sich die Pferde wiehernd in einen Kreis zusammen, und je zwei von den Alten drängten die Füllen zwischen sich hinaus über das Wasser. So standen sie mutvoll und unbeweglich, bis nach sechs Stunden die Ebbe eintrat.

*

Ein Riesenbau.

In Newyork hat man ein neues Hotel eröffnet, das nicht weniger als 27 Stockwerke enthält. Diese erheben sich 368 Fuß in die Höhe, und 3 Stockwerke führen noch unter die Erde hinab. Die Grundmauern des Baues sind auf einem festen Felsboden ausgeführt, und für das Stahlgerüst des Wolkenkratzers sind fast 10 000 Tonnen Stahl verwandt worden. Granit, Kalkstein, Ziegel und Terrakotta sind das Material, das zur Verkleidung des Gerüstes gedient hat. Vier Jahre lang hat der Bau gedauert, und viele Millionen Dollar sind bis zu seiner Vollendung aufgewandt worden. Eine besondere Sehenswürdigkeit sind die Kühlräume, die größten der Welt, in ihrer Art ganz einzig. In ihnen lagern unter anderem eine Million Zigarren in den verschiedensten Sorten, von der Zigarre für 20 Cent an bis zu den feinen Havanas, die fünf Dollars das Stück kosten. Das Hotel enthält 1006 Zimmer und beschäftigt 1000 Angestellte

*

Leuchtende Tiere.

Die elektrischen Bewegungen des Zitterrochens und des Zitteraals sind nach mühevollen Untersuchungen als die Effekte eines speziellen Organs erkannt worden, das mit dem Nervensystem dieser Fische verbunden ist. In der gleichen Weise haben die Forscher die phosphoreszierenden Organe des Leuchtkäfers und der Feuerfliege untersucht, doch hier war der Erfolg nicht vollständig befriedigend, obgleich länger als ein halbes Jahrhundert daran gearbeitet wurde, den Schleier dieses Mysteriums zu lüften. Die Ursache dieses teilweisen Mißerfolges liegt, in dem Umstände, daß das leuchtende Organ hier viel kleiner und schwerer zu unterscheiden ist, und das Licht nicht direkt vom Organe, sondern von einer Ausscheidung produziert wird, welche in der gleichen Weise wie die Galle von der Leber oder der Speichel von den Speicheldrüsen abgeschieden wird. Diese Ausscheidung wird » Noctilucin« genannt.

Sie ist eine weiße, fettige Substanz, welche beim Trocknen dünne, weiße und glänzende Häutchen bildet und in dieser Gestalt dem Schleim der Gartenschnecke ähnelt. Hinsichtlich der chemischen Zusammensetzung ist sie wahrscheinlich ebenso kompliziert, wie alle übrigen Ausscheidungen der Drüsen der höheren Tiergattungen.

Das Noctilucin wird jedoch nicht nur vom Leuchtkäfer (Lampyries) und der Feuerfliege (Elater), sondern auch vom Tausendfuß, der in den Rosenbeeten und auf den Gartenwegen im Sommer häufig zu sehen ist, dann von einem Weichtier (Pholas), welches sich in das Holzwerk der Schiffe und Hafenbauten einbohrt, ferner auch von dem winzigen Noctiluca miliaris, welches die Hauptursache des Leuchtens des Meerwassers ist, und noch von vielen anderen Schleimtieren und Polypen ausgeschieden. Es ist weiterhin mehr als wahrscheinlich, daß diese phosphoreszierende Substanz, welche im Dunkel ein seltsames Licht gibt, auch bei der Zersetzung vieler organischer Stoffe erzeugt wird, z. B. beim Faulen des Fleisches der Fische und anderer Tiere. Lamb Phipson, der sich ein ganzes Menschenalter mit diesem Gegenstände beschäftigt hat, fand sogar auf der Haut kranker Menschen das Noctilucin, und er nimmt ferner an, daß es auch aus vegetabilischen Produkten, z. B. auf den Kartoffeln, entsteht, welche ein phosphoreszierendes Licht ausstrahlen, wenn sie unter gewissen Feuchtigkeits- und Temperaturverhältnissen der Zersetzung zerfallen. In gleicher Weise soll die Phosphoreszenz einiger Schwämme, wie jene des Pilzes (Agriaric), der in Italien am Fuße der Olivenbäume häufig zu finden ist, zustande kommen; das Noctilucin gibt in allen Formen seines Auftretens das gleiche Spektrum, d. h. wir es durch einen Spalt und ein Prisma betrachten, die sogenannte Spektralanalyse ausführen, nehmen wir immer das gleiche Lichtbild wahr, welches von den Spektrallinien E bis F reicht; nur das Spektrum des Noctilucins der Feuerfliege Westindiens geht zuweilen bis zur Linie O. Der Schein des Noctilucins wirkt auch auf eine photographische Platte ein.

Die chemische Zusammensetzung des Noctilucins ist sehr kompliziert. Lamb Phipson hat es im Jahre 1875 zum ersten Male beschrieben, nachdem er es 13 Jahre früher an faulenden Fischen vermutet hatte und es schließlich gewann, indem er mehrere große Tausendfüße (Geolopendra electrica) in eine Porzellanschüssel mit steilen Wänden steckte und die Schüssel mit einer Glasplatte zudeckte. Wurden die Käfer gereizt, so schieden sie eine beträchtliche Menge Noctilucin aus, das im Dunkel durch eine lange Zeit nach der Entfernung der Käfer noch leuchtete. Die Ansicht, daß der Leuchtkäfer und die Feuerstiege imstande seien, das Leuchten zu beherrschen, indem sie ihr Licht auch verlöschen könnten, stützt sich auf die Annahme, daß das Organ, welches das Noctilucin ausscheidet, unter der Kontrolle des Nervensystems dieser Insekten steht. Vom Menschen und den höheren Tiergattungen ist dieser Einfluß der Nerven aus die Ausscheidung der Drüsen bekannt. Das winzige Tierchen, welches in Schwärmen von Millionen das Meeresleuchten produziert, dürste aller Wahrscheinlichkeit nach auch ein solches Organ haben, obgleich bis jetzt ein Nervensystem in ihm nicht entdeckt wurde. Gibt man mehrere dieser Insekten, die kleiner als ein Stecknadelkopf sind, in ein Glas Wasser, so werden sie, solange sie in Ruhe gelassen werden, ohne Phosphoreszenz auf der Oberfläche schwimmen; doch in dem Augenblicke, als ein leichter Schlag auf das Glas erfolgt, sinken sie hinunter und leuchten dabei wie Diamanten, wie wenn ihre Leuchtkraft von der Bewegung und Zusammenziehung ihres Körpers abhängig wäre. Die für das oben beschriebene Experiment mit dem Tausendfuß geeignetste Zeit sind die Monate September und Oktober.

In allen Fällen der tierischen Phosphoreszenz scheint das Licht von der Oxydation oder langsamen Verbrennung des Noctilucins infolge reichlichen Luftzutrittes herzurühren. Das Leuchten solcher Substanzen im Wasser dauert demnach so lange, bis die ganze in der Flüssigkeit enthaltene Luft durch diesen Prozeß aufgebraucht ist. Die Eier des Leuchtkäsers geben gleichfalls im Dunkel ein mattes Licht, welches einige Zeit nach dem Legen anhält. Die Drüsen, welche das Noctilucin ausscheiden, befinden sich unter schuppigen Ringen des Körpers und sind ähnlich den Honigdrüsen der Bienen situiert. Zu einer bestimmten Zeit des Jahres, Ende September oder Anfang Oktober, ist auch der gemeine Regenwurm stark phosphoreszierend, insbesondere, wenn er auf einem warmen Düngerhaufen liegt.

*

Der Sonnentanz

ist eine indianische Sitte. Dorsey, ein Forscher, hatte neuerdings
Gelegenheit, einen solchen Tanz bei den Ponca-Indianern aufführen
zu sehen. Die Zeremonie wird im Juni oder Juli abgehalten. Die
Priester, die zugleich Aerzte sind, wählen die Tänzer, die durch ihre
Wahl eine Auszeichnung erfahren. Der Beginn der Zeremonie wird
vorher bekannt gegeben und das Lager am Tage vor ihrer Abhal-
tung verlassen. Im ganzen dauert die Veranstaltung fünf Tage, der
erste ist den Vorbereitungen gewidmet. Am Vormittag des zweiten
Tages findet ein Scheinkampf statt. Darauf werden die vier für die
Zeremonie bestimmten Hütten von den weiblichen Verwandten der
Priester instand gesetzt; außerdem vier Altäre, für jede Hütte einer,
hergerichtet. Unterdessen begeben sich einige Leute auf die Suche
nach einem Pfahl, der außerhalb des Lagerplatzes quer zum Son-
nenstand niedergelegt wird. Am dritten Tage begibt man sich zum
Pfahl, der nun bemalt und aufgerichtet wird. Nachdem ein Altar
zurecht gemacht worden ist, treten die Leute zum Tanze an, der mit
kleinen Unterbrechungen den ganzen Tag und die ganze Nacht
währt. Auch am vierten und fünften Tage wird der Sonnenaufgang
mit Tänzen begrüßt. Zuweilen scheinen die Priester die Tänzer zu
hypnotisieren. Bis zum letzten Tanz wird gefastet. Erst nach dessen
Vollendung schaffen die Weiber Nahrung für die Tänzer herbei.
Der Anführer spült seinen Mund aus und besprengt das Haupt
jedes Tänzers mit Wasser. Zum Schluß der Zeremonie kommt der
unangenehmste Teil des Festes; es wird nämlich jedem der Teil-
nehmer ein Hautstreifen von der Schulter gelöst und am Fuße des
Pfahls als Sonnenopfer niedergelegt.

*

Die Monatsnamen.

Unsere Monatsnamen stammen von den alten Römern. Ursprünglich gab es deren nur zehn; März, April, Mai, Juni, Quintilius
(der fünfte), Sextilius (der sechste), September (der siebente), Oktober (der achte), November (der neunte) und Dezember (der zehnte).
Der Januar und Februar kamen erst später hinzu. Der Januar, der an

die Spitze des Jahres gestellt wurde, erhielt seinen Namen von Janus, dem Gotte der Zeit. Der Februar bekam seinen Namen von den in diesem Monat den Göttern dargebrachten Totenopfern: Februa. Der März war dem athletischen Kriegsgott, dem Mars, geweiht. Der April hat seinen Namen von Aperire, »öffnen«, weil durch die linden Lüfte in ihm sich die ganze Fülle der Natur erschließt. Der Mai (Majus) war der größten (Major, maximus) heidnischen Gottheit, dem Jupiter, geweiht, der Juni seinem Weibe, der Juno, der Juli aber hat seinen Namen zum Andenken an Julius Cäsar, der August seinen zum Andenken an den Kaiser Oktavianus Augustus.

*

Bühnensorgen.

Die wenigsten Leute haben einen Begriff davon, was für Mühen, Sorgen und Kosten den großen Theatern durch die Aufführung eines neuen Stückes verursacht werden, André Antoine, der Direktor eines hervorragenden Pariser Theaters, hat über dieses Thema einiges in einer Zeitschrift veröffentlicht. Allerdings meint er, daß das Publikum recht habe, wenn es die Schwierigkeiten der Inszenierung nicht berücksichtige, sondern in seinem Urteil nur danach frage, was wirklich geleistet worden sei, »Was geht es den Zuschauer im »Julius Cäsar« (Drama von Shakespeare) an,« so schreibt er, »daß ich ganze Nächte mit dem Dekorationsmeister verhandelt habe; daß ich zweimal nach Rom gefahren bin; daß ich die Gefahren der Seekrankheit auf mich genommen habe, um in London eine Darstellung des »Julius Cäsar« durch Beerbohm-Tree zu sehen; daß ich schon vor 15 Jahren mich einen ganzen Juni lang, in Brüssel gelangweilt habe, weil ich die Vorstellungen der Meininger im Monnaie-Theater besuchen wollte; daß mein armer Freund de Gramont zehn Jahre an seiner fertigen Uebersetzung gearbeitet hat; daß der Dekorationsmeister während der Siedehitze des letzten Juni unter einem Glasdach geschwitzt hat, anstatt an dem Meeresstrande Erholung zu suchen; daß zwei meiner braven Maschinisten während der Kulissenproben fast einen Todessturz getan haben usw. All diese zahllosen Sorgen, Verdrießlichkeiten und verantwortungsvollen Aufgaben braucht das Publikum in der Tat nicht zu wissen. Das ist nun einmal unser Beruf ... Ob man sich wohl auch eine rechte Vorstellung davonmacht, wieviel Leute an einer Aufführung, wie der des »Julius Cäsar«, mitgearbeitet haben? An den Dekorationen haben 20 Tischler drei Monate lang gearbeitet, der Dekorationsmeister hat gleichfalls 20 Kunsthandwerker gut zwei Monate lang mit den Malerarbeiten beschäftigt. Der Leinwandhändler hat fast 4500 Meter Stoff geliefert, der Holzhandler 2000 Meter Balken. An den Kostümen haben in den Monaten Juli und September 25 Arbeiterinnen gearbeitet. Dazu kommen die Perückenarbeiter, die Schuhmacher, die Waffenarbeiter, die Stricker, die Friseure, kurz, es ist nicht zu hoch gegriffen, wenn man sagt, daß alle diese verschiedenen Lieferanten gegen 190 Arbeiter mehrere Wochen lang für die eine Aufführung beschäftigt haben. Für die täglichen Aufführungen des »Julius Cäsar« muß das Odéon-Theater ein Personal von 45 Schauspielern, 250 Statisten, 60 Musikern, 70 Maschinisten und etwa 100 Angestellten (Kontrolleure, Ankleider, Türschließerinnen usw.) aufbieten. Aus alledem wird man sich eine Vorstellung machen können, was für einen ungeheuren Apparat die Aufführung eines großen Stückes, wie des »Julius Cäsar«, erfordert.«

*

Termiten.

In seinem Buche »Aus dem Geistesleben der Tiere« erzählt Dr. Ludwig Büchner von den Termiten oder weißen Ameisen der tropischen Regionen folgendes: »Das Staatswesen der Termiten, welche einer ganz anderen Ordnung der Insekten (als die Ameisen), jener der Netzflügler, angehören und am nächsten mit unsern Kakerlaken oder Schaben verwandt sind, scheint fast noch entwickelter zu sein, als das der Ameisen, wie z. B. der Umstand zeigt, daß sie ein wohlgeordnetes stehendes Heer unterhalten; ihr Bautalent aber übertrifft alles Aehnliche sie bauen förmliche Kastelle, Kanäle und leisten Fabelhaftes im Weg- und Brückenbau. Für den Naturbeobachter eines der Wunder der Schöpfung, sind sie aber für die Bewohner der Gegenden, in denen sie leben, eine wahre Geißel. Geborene Zerstörer, schonen sie nichts, was nicht von Eisen oder Stein ist. Namentlich ist alles, was von Holz ist, ihren Angriffen ausgesetzt, und die von ihnen angerichteten Zerstörungen sind um so unheimlicher, als sie dem Auge nicht sichtbar sind, und in der Regel erst bemerkt werden, wenn es zu spät ist, sie zu hindern. Sie haben nämlich die merkwürdige Gewohnheit, alle von ihnen angegriffenen Gegenstände von innen heraus zu zerstören oder anzunagen und die äußere Hülle stehen zu lassen, so daß deren äußerer Anblick den gefährlichen Zustand ihres Innern nicht ahnen oder erraten läßt. In solcher Weise werden auch ganze von Holz aufgeführte Gebäude, hölzerne Schiffe, Bäume usw. derart von ihnen zerstört, daß sie schließlich, und ohne daß man von der Zerstörung etwas merkt, zusammenstürzen. Nach Europa sind die Termiten wohl erst durch überseeische Schiffe eingeführt worden und haben sich auch hier sofort in Italien, Spanien, Frankreich, sowie in den Gewächshäusern von Schönbrunn bei Wien als äußerst gefährliche Feinde des Holzes bemerkbar gemacht. Nach Schönbrunn kamen sie wahrscheinlich mit Pflanzen aus Brasilien; sie zerstörten sowohl die hölzernen Pflanzenkübel als auch das Gebälke, so daß im Jahre 1839 eines der großen Gewächshäuser niedergerissen werden mußte. Sie vermehrten sich stark bei einer Temperatur von +24 Grad Reaumur im Innern der Gewächshäuser, sind aber jetzt gänzlich ausgetilgt. In Westafrika machten sie mehrere verlassene Wohnsitze der Eingeborenen dem Boden gleich, und in ganz Südamerika sind, wie Humboldt erzählt, Bücher, welche älter sind als 50 Jahre, eine Seltenheit, weil die Termiten die löbliche Gewohnheit haben, ihre Gänge in die Bibliotheken und quer durch die Bücherreihen zu führen. In den Seestädten Brasiliens und Ostindiens erliegen oft ganze Magazine ihrer Zerstörungswut.

*

Ein merkwürdiges Dorf

befindet sich auf einer Insel an der Westküste Islands bei Carracröß. Es ist etwa 200 Jahre alt und hat alles in allem nur 17 Häuser. Von diesen 17 Häusern bestehen 16 aus Schiffsrümpfen, die von den Stürmen des Atlantischen Ozeans an die Küste getrieben und von den Bewohnern in das Innere der Insel geschleppt sind. Das einzige Haus, das nicht von einem alten Schiff herstammt, ist das Pfarrhaus. Dieses ist aus Holzstämmen gezimmert, die der Golfstrom aus Amerika hierher geführt hat. Aber diese einsame, von heftigen Stürmen heimgesuchte Insel hat noch eine andere Sehenswürdigkeit. Aus den angeschwemmten Holzladungen der im Meeresgründe zugrunde gegangenen Schiffe sind die Zäune für Gärten und Felder hergestellt. So findet sich auf dieser Insel eine

Reihe von Zäunen, die aus kostbaren Mahagoniholz gezimmert sind.

*

Ein Kinderkrankenhaus.

Ein französischer Schriftsteller, Octave Mirbeau, besichtigte vor kurzem das Kinderkrankenhaus der medizinischen Fakultät an der Sorbonne und machte dabei eigentümliche Erfahrungen. Er schrieb darüber in der Pariser Zeitung »Matin« (übersetzt im »B. T.«):

Zuerst war ich überrascht von dem freundlichen Anblick unseres Kinderkrankenhauses, Raum, Licht, weite Rasenflächen, Baumgruppen. Alte, aber sorgfältig geweißte Fassaden: aber schon die eingesunkenen Fensterrechtecke kamen mir merkwürdig vor.

Ueber die erste Abteilung, in die ich geführt wurde, ist wenig zu sagen. Frankreich ist eins der unsaubersten Länder der Erde, wo alles nach dem alten Schlendrian geht, man darf da nicht zu kritisch sein. Seiner ewig vergeblichen Eingaben müde, hatte der dirigierende Arzt selbst für die Saalausbesserung gesorgt. Er hatte getan, was er konnte; vor allem für die Illusion gesorgt, und das ist schon eine ganze Menge. Hier und da ein paar grüne Pflanzen, Spielzeug auf den Betten, überall lichte Farben ... das macht die Besucher sicher und tröstet die kleinen Kranken. Trotz der hellen Mauerfarbe sah man das Alter der Mauern, die eingesunkene, rissige Decke, die Unsauberkeit des Fußbodens. Am Eingang zu den Sälen befinden sich Isolierräume, die nichts isolieren, und von wo die Ansteckung hingehen kann, wohin sie will und wie sie will. Daß diese Räume nicht isolieren, ist der Verwaltung gleichgültig, daß sie so aussehen, als ob sie isolieren, das verlangt man von ihnen. Auf diese Weise bleibt das Reglement unverletzt.

Unwürdig einer Stadt wie Paris waren auch Trockenräume, Laboratorien, Milchkeller, Badestuben, die Säle für Photographie und Radiographie.

Ich ging durch die Säle für die Diphtherie-, Scharlach- und Masernkranken. Alles fast neue, gut eingerichtete, aber völlig überfüllte Räume.

Nun, in den Zeiten der Epidemie ist das unvermeidlich.

Weiter, weiter, sagte ich mir, das ist alles ganz gut so.

Aber im Pavillon für die Masernkranken sah ich den Todeskampf eines schönen zwölfjährigen Knaben. Er hatte nur Keuchhusten gehabt, hatte aber infolge der Verhältnisse hier Masern bekommen und dazu hatte sich eine Lungenentzündung gesellt, gegen die man machtlos war. Seine Händchen krallten sich in die Decke. Er röchelte, er phantasierte. Es war ein schöner Junge, außergewöhnlich kräftig gebaut, um ein starkes Mannesleben zu leben. Und er starb. Und dies Krankenhaus mußte erst kommen, damit der Tod über diesen Körper eines jungen Herkules Recht behielte.

Die Abteilung für Keuchhustenkranke liegt im dritten Stock eines alten Gebäudes. Die Treppe ist dunkel und schmutzig, das Geländer klebt an

den Fingern, die Stufen sind abgenutzt und faulig, alles ist durchlöchert, die Infektionskeime können sich überall aufhäufen. Der Kalk fällt von der Decke, Salpeter schwitzt aus wie Eiter aus einer Wunde. Ein furchtbarer Geruch herrscht. Der Geruch der Ansteckung, des Elends, des Verbrechens.

In den engen, niedrigen Sälen Bett an Bett, Atem an Atem, Tote bei den Sterbenden. Keine Ventilation, eine vergiftete Atmosphäre, ich atmete schwer wie in den Gängen der Untergrundbahn. Ich hörte nur erstickte oder röchelnde Atemzüge. Der schreckliche Husten hob die arme, kleine Brust unter der Bettdecke. Man sagte zu mir: »Ja, es ist ein Elend. Sie kommen hier mit einfachem Keuchhusten an, acht oder vierzehn Tage auf dem Lande, und alles wäre gut. Hier wird's gleich schlimmer, oder die Masern kommen dazu (ich dachte an den sterbenden Jungen unten) oder Scharlach, oder Diphtherie ..., denn hier ist alles infiziert ... und sehen Sie ...«

Man zeigte mir Decke und Wände.

»Sehen Sie, die kleinen Kranken haben nicht halb so viel Luft wie gesunde Kinder brauchen!«

»Wie viele sterben?« fragte ich.

»Vierundzwanzig Prozent, wobei wir, wohl gemerkt, nicht die Angesteckten rechnen, die in den anderen Abteilungen zugrunde gehen. –«

Noch eine Treppe höher liegt die Krippe. Da ist überall Verbrechen und Mord. Keine Badezimmer, nur drei Badewannen ohne Email, keine Heizung, bloß ein mikroskopisch kleiner Ofen. An kalten Tagen können die Kinder aus Furcht vor der Lungenentzündung überhaupt nicht gebadet werden. Keine Ammen sind dort, barmherzige Besucher werden aus Furcht vor Ansteckung nicht zugelassen. Denn die Ansteckung läuft von Bett zu Bett wie an elektrischen Drähten, und der Tod steht am Ende. Gesunde, schöne Babys kommen hierher, und nach einigen Tagen sind sie trotz der aufopfernden Pflege eines bewundernswerten Schwesternpersonals kleine Leichname, die man auf die Marmorplatten des Seziersaales wirft wie Fleischstücke ins Schaufenster einer Schlächterei; denn hier erhebt sich die Sterblichkeit auf die furchtbare Höhe von 65 Prozent. Ich möchte den Müttern zurufen, zuschreien: »Schickt eure Kinder nicht hierher. Tötet sie lieber!«

50 Meter weiter steht eine entzückende Halle, Alles ist leuchtend neu. Licht, Baumgruppen, Blumen. Dort breitet sie sich aus, dort triumphiert unsere ruhmreiche Fakultät.

Um sich diesen Palast zu errichten, hat die Fakultät wohl das für die Kranken bestimmte Geld verbraucht. Sie hat den besten Platz im Krankenhaus, sie hat wohl die Luft und das Licht für sich genommen, die eigentlich für die Masernkranken bestimmt waren. Und mögen sich die kleinen Sterbenden nur freuen! Geschützt vor der Ansteckung in einem entzückenden Amphitheater, wo übrigens niemand ihrem unnützen und verrufenen Unterricht folgt, in diesen zärtlich erwärmten, geräumigen, beständig leeren Sälen, da ist die Fakultät glücklich. Der Fakultät geht's gut!

*

Temperatur-Extreme.

Als der heißeste Ort der Erde gilt das Tal des Todes in der Wüste Mohave in Amerika. Es hat nach keiner Seite einen Ausgang, sondern ist überall von Bergen eingeschlossen, die eine Höhe von 1500 bis 2700 Meter erreichen. Barometermessungen haben ergeben, daß die Talsohle 50 Meter unter dem Meeresniveau liegt. Der Name dieses Tales rührt von einer Katastrophe her, welche eine Schar Emigranten ereilte, indem dieselben dort verdursteten. Die Be-

obachtungen, welche während eines Sommers in jenem Tale durch-
gefühlt wurden, ergaben als mittlere Temperatur des Juli 39 Grad
Celsius; das Maximum erreichte oft 50 Grad, und an einem Julitage
erreichte das Tagesmittel 43 Grad. Alle diese Temperaturen sind im
Schatten gemessen. Diesem heißesten Punkte der Erde steht
Werchojansk in Sibirien als der kälteste gegenüber. Dort erreicht die
mittlere Januartemperatur -50 Grad Celsius, und das Thermometer
sinkt bis zu -70 Grad Celsius, wobei jedoch zu bemerken ist, daß die
höchste Sommertemperatur -32 Grad Celsius erreicht.

*

Höfische Sitten von ehemals.

Als der Baron v. Pölnitz auf seinen vielen Reisen auch zum Kurfürsten von der Pfalz nach Heidelberg kam, wurde er vor das bekannte riesige Faß, den Stolz des Kurfürsten, geführt und ihm ein
großer Humpen Weins als Willkommen gereicht. Dem Baron ward
bange, denn als Kavalier mehr in den Künsten der französischen
Galanterie erfahren, verstand er sich nicht so auf das Trinken wie
die Herren vom Rhein. Gleichwohl wollte er sich nicht beschämen
lassen, sondern trank tapfer und erspähte zugleich den glücklichen
Augenblick, wo der Kurfürst sich einmal umwandte und schüttete
den größten Teil seines Pokals zu Boden. Immer stärker aber wurde
ihm zugesetzt, die » dames« nippten auf sein Wohl, und der geängstigte Höfling, der seine Kräfte schwinden fühlte, entschlüpfte in
einem unbewachten Moment unter das Faß. Der Kurfürst indessen
Vermißte alsbald seinen Gast und befahl, ihn »tot oder lebendig«
zurückzubringen. Ein Page entdeckte endlich den Baron, dieser
wurde vorgezogen und im Triumphe vor den Kurfürsten geführt,
welcher seine Tochter und deren weiblichen Hofstaat zu Richterinnen über den Ausreißer ernannte. Trotz seines Protestes ward er
verurteilt, sich zu Tode trinken zu müssen. Dieses Urteil änderte der
Kurfürst jedoch »im Gnadenwege« dahin ab, daß Pölnitz vier große
Faßgläser Weines, jedes zu einem halben Maß, leeren solle. Also
geschah es, und – wenn auch nicht das Leben – so verlor der Verurteilte doch Sprache und Besinnung. Als er nach geraumer Zeit wieder zu sich kam und seinen Rausch ausgeschlafen, erfuhr er zu
seiner großen Genugtuung, daß es seinen Richtern und Klägern
nicht besser ergangen sei als ihm selbst, »und der Kurfürst samt

seiner durchlauchtigsten Tochter und denen Hoffräuleyns in einem wesentlich andern Zustand das Gewölbe verlassen hatten, denn sie dasselbe betreten.«

*

Zivilisation.

Als eine Ergänzung zu unserem Roman »Die Pilger der Wildnis« mögen unsere Leser die nachfolgenden Zitate aus den Werken der verschiedensten Schriftsteller betrachten:

Die Pilgerväter von 1820 waren die ersten, welche dem Widerwillen der englischen Bevölkerung gegen die Eingeborenen von Nordamerika eine bestimmte Form gegeben haben. Für sie waren die Indianer die Kanaaniter des Alten Testaments, welche weggefegt werden mußten von den Heiligen des Herrn und ausgerottet mit der Schärfe des Schwertes. »Wir lesen in ihren Berichten von Siegen der Weißen über die Heiden mit Hülfe des Herrn, und von Siegen der Heiden über die Christen mit Hülfe des Teufels,« »sie zählen mit Abscheu und Entrüstung jeden feindlichen Alt seitens der Heiden auf, mag er auch noch so gerechtfertigt nach dem Kriegsrecht gewesen sein, aber sie berichten mit Freude und Genugtuung von den Gewalttaten, welche von ihren eigenen Landsleuten an den Eingeborenen verübt wurden«.

In den Schriften der ersten Geschichtsschreiber, besonders der puritanischen Geistlichen Neu-Englands, finden wir die Indianer gewöhnlich als eine dem Teufel verschriebene Rasse, als wilde Bestien, Bluthunde und heidnische Dämonen beschrieben; kein Beiname schien zu schimpflich, keine Verwünschung zu gräßlich, um nicht gegen sie ausgestoßen zu werden. »Die Indianer werden im allgemeinen falsch beurteilt,« sagt der Missionar de Gmet, »und sind wenig bekannt in der zivilisierten Welt; man macht sich seine Meinung aus dem, was man in unseren Städten und an der Grenze sieht, wo das »Feuerwasser«, dieses unglückselige Getränk, und die herabwürdigensten Laster dieser Zivilisation ihnen großes Unglück gebracht haben. Je mehr man aber in die Wildnis vordringt, desto besser findet man den Charakter der Indianer.«

»Unsere Händler,« sagt die Botschaft des Gouverneurs von Pennsylvanien vom Jahre 1744, »bringen dem Gesetz zum Trotze geistige

Getränke unter sie, machen sich ihre ausschweifende Gier nach Branntwein zunutze, betrügen sie um ihre Felle und ihr Wampum, welches ihr Geld ist, und verführen noch nebenbei ihre Weiber. Kann man sich dann wundern, wenn sie nach dem Erwachen aus ihrem Rausch bittere Rache nehmen?«

An anderer Stelle heißt es:

»Viele der englischen Händler und ihre Angestellten waren Lumpe der gemeinsten Art, die untereinander in Habgier, Gewalttätigkeit und Ausschweifungen wetteiferten. Sie betrogen, beschimpften und plünderten die Indianer und vergewaltigten ihre Familien. Verglichen mit den französischen Händlern, die unter besserer Aussicht standen, stellten sie den Charakter ihrer Nation von höchst ungünstiger Seite dar.« »Die Händler rekrutierten sich gewöhnlich aus dem Abschaum der eingeborenen Bevölkerung oder aus verbannten Verbrechern aus Großbritannien und Irland,« sie waren »zum größten Teil genau so wild, wie einige der wildesten Indianerstämme«, und ihre Unehrlichkeit war so allgemein, daß ein zufällig ehrliches Exemplar unter ihnen wie ein weißer Rabe angestaunt wurde. »Er wird von den Indianern geachtet und geliebt,« sagt Bartram von einem solchen Händler in Cowe, »wegen seiner Leutseligkeit, Aufrichtigkeit und Ehrlichkeit beim Handeln und – um ehrlich und aufrichtig zu sein, muß ich es sagen und ich schäme mich hierbei für meine Landsleute – dies ist etwas wie ein Wunder.«

»Unser erster Grundsatz,« sagt ein altgedienter Händler in der Tragödie »Ponteach« zu einem Neuling im Geschäft, »ist der, daß es kein Verbrechen ist, einen Indianer zu betrügen und zu übertölpeln.« Whisky und Betrunkenmachen war der Hauptgeschäftskniff der »American Flur Company«, und ihren Kommis und Angestellten wurde als erste Geschäftsregel eingeschärft, »alle Mittel anzuwenden, um die größtmögliche Quantität von Pelzwerk zum niedrigsten Preise zu erhalten.«

»Franzosen und Engländer machten sich die Leidenschaft des Indianers für Schmucksachen und Feuerwasser zunutze und brachten kolossale Vermögen zusammen; ihre Nachkommen genießen diese jetzt, während der Wald und die Kinder des Waldes hinweggefegt sind.«

Die übrige Grenzbevölkerung war nicht besser: »Sie sind gemeiniglich die Hefen und der Auskehricht unserer Kolonien. Ihre Beschreibung ist so unangenehm, daß ich mich nicht lange dabei aufhalten, sondern nur anmerken will, daß der größere Teil derselben sich unter den größten Bösewichtern zu Land oder zur See auszeichnen würde.

Verurteilte Verbrecher wurden nicht selten von Großbritannien und besonders von Irland nach Amerika geschickt und in die Kolonialtruppen gesteckt, um sich an der Indianergrenze Begnadigung zu erdienen. Hier aber benutzten sie die günstigste Gelegenheit, desertierten in hellen Haufen und stellten einen nicht geringen Prozentsatz der rohen Grenzbevölkerung.«

Einige Beispiele mögen das Gesagte erläutern: Am 18. Juli 1810 trug Gouverneur De Witt Clinton bei einer Reise durch den Staat Newport folgendes in sein Tagebuch ein: »Während unserer Anwesenheit war in Upper Falls ein Ball, welchem ein Bootsmann dadurch ein Ende bereitete, daß er einem Hunde den Schwanz abschnitt und ihn unter die jungen Mädchen losließ, deren Kleider er mit Blut beschmierte. Dies gibt ein Bild barbarischer Sitten, wie man sie kaum in Kamschatka antreffen würde.«

»Die Jäger der Prärien sind oft wilder als die Indianer selbst. Sie essen häufig die Leber der erlegten Tiere roh, und man sieht sie das ungeborene Kalb aus dem Leibe der Mutter herausschneiden, und zugleich mit der Placenta und allen Häuten in einen Kessel werfen, kochen und essen.«

»Man hat geschätzt, daß in Idaho und in Montana, welch letzteres fast noch mehr heimgesucht war, in dem Zeitraum von 1861 bis 1866 nicht weniger als 200 Verbrecher von den Sicherheitsausschüssen hingerichtet worden sind. Wäre das Verbrechen auf die berufsmäßigen Verbrecher beschränkt geblieben, so wären vielleicht die Sicherheitsausschüsse seiner Herr geworden. Aber so groß waren die Versuchungen zur Unehrlichkeit, daß wenige von denen, welche mit öffentlichen Geldern zu tun hatten, mit reinen Händen aus ihrem Amte schieden.«

Die beiden Bände 31 und 32 von Bancrofts »Geschichte der Pacific-Staaten« enthalten 1600 Seiten, welche lediglich ausgefüllt sind mit der Aufzählung und Beschreibung von Verbrechen aller Art, wie sie in diesen Staaten während der kurzen Zeit ihres Bestehens verübt worden sind.

Die Gefühle der weißen Bevölkerung an der Grenze kennzeichnet am besten die viel gebrauchte Redensart: »Jeder lebende Indianer ist ein schlechter Indianer, jeder tote Indianer ist ein guter Indianer.« Getreu diesem schönen Grundsatze hielt man es im Hinterwald absolut nicht für strafbar, im Frieden eine Rothaut ohne weiteres niederzuschießen. Manche fluchwürdige Taten dieser Art sind überliefert worden; die Mörder gingen gewöhnlich straflos aus. Die allgemeine Meinung schützte sie, wurden sie wirklich einmal vor die Schranken des Gerichts gebracht, so wurden sie sicherlich freigesprochen. »Einen Indianer zu töten, ist ebensowenig ein Mord, wie das zerknacken einer Laus,« sagt ein Jäger in der bereits erwähnten Tragödie »Ponteach«.

»Die öffentliche Meinung in den Grenzgemeinden hält das heimtückische Töten eines Indianers nicht für einen Mord, noch die schamlosesten Plünderungen eines solchen für Diebstahl. Ich kenne kein Beispiel, wo ein weißer Mann für das Betrügen eines Indianers verurteilt und bestraft worden ist.«

»Nein, Kapitän,« sagt ein Mann der westlichen Grenzen zu General May, »es ist nicht der richtige Weg, den Burschen Geschenke zu geben, um sich Frieden zu erlaufen; sondern, wenn ich Gouverneur Eurer Vereinigten Staaten wäre, so will ich Euch sagen, was ich täte: ich würde die roten Schufte alle zu einem Feste einladen und ihnen weißmachen, ich wolle eine große Unterredung mit ihnen haben; aber sobald ich alle beieinander halte, würde ich über sie herfallen und die Hälfte von ihnen niederhauen und skalpieren, und dann würde die andere Hälfte mächtig froh sein, einen Frieden zu schließen, welcher dauerhaft sein würde. Das ist die Art und Weise, wie ich einen Vertrag mit dem hundsföttigen, rotbäuchigen Ungeziefer machen würde; und so wahr als Ihr geboren seid, Kapitän, das ist auch der einzige richtige Weg.«

Zu erwähnen sind nach Darlegung dieser edlen Kulturbestrebungen noch die Indianerkriege, die den Vereinigten Staaten mehr als 500 Millionen Dollar (über 2 Milliarden Mark) gekostet haben, und die Indianerverträge.

Von den Jahren 1776 bis 1869 sind gegen 360 Verträge von den Vereinigten Staaten mit den Indianern abgeschlossen worden und von dem ausführenden Organ der Regierung für alle Indianerangelegenheiten, dem »Bureau of Indian Affairs«, ebenso feierlich in das Landesgesetzbuch eingetragen worden, wie etwa ein Vertrag mit Preußen oder Großbritannien. Aber alle feierlich eingegangenen Verpflichtungen sind schamlos verletzt worden. Der Indianer hatte keine andere Abhülfe als den Krieg, in diesen Kriegen wurden, wie statistisch nachgewiesen ist, zehn weiße Leute für einen Indianer getötet, und von den getöteten Indianern hat ein jeder der Regierung 100 000 Dollar gekostet. Dann kam ein neuer Vertrag mit darauffolgenden neuen, gebrochenen Versicherungen; ein neuer Krieg brach aus, so daß wir nicht 100 Meilen zwischen dem Atlantischen und dem Stillen Ozean haben, die nicht der Schauplatz einer Indianermetzelei gewesen wären.

*

Der Erfinder der Zündhölzer.

Anfangs der dreißiger Jahre des vorigen Jahrhunderts, als man für Tabak und Zigarren den Zündschwamm, für den Küchenherd und den Ofen Zunder und Stahl und Stein und Schwefelspäne benützte, brummte auf dem Hohenasperg in Württemberg ein »gefährlicher Demagog und Revoluzzer«, Namens J.F. Kammerer, der daselbst wegen Beteiligung an der Hambacher Volksversammlung auf längere Zeit eingesperrt war. Kammerer war Chemiker und vertrieb sich die Langeweile mit chemischen Experimenten, wobei er auf den Gedanken kam, Zündhölzer herzustellen, die durch bloßes Reiben in Brand gerieten. Er wandte den Phosphor an und erfand die Reibzündhölzchen. Das war im Jahre 1833, zu einer Zeit, als ein Schutz für die Erfindungen in Deutschland noch nicht existierte. (Die ersten Vereinbarungen deutscher Regierungen über Patente datieren vom Jahre 1842.) Kammerer hätte also nur Nutzen von seiner Entdeckung ziehen können, wenn er im Stande gewesen wäre, eine Fabrik anzulegen. Er suchte sofort um eine Konzession nach, als er die Freiheit wieder erlangt hatte. Statt der Genehmigung sandte ihm die Regierung ein strenges Verbot. Der Bundestag in Frankfurt am Main erließ für alle 33 Staaten ein Gesetz, welches die Anwendung der »höchst feuergefährlichen« Reibzündhölzer strengstens verbot, dieses Verbot blieb volle sechs Jahre in Kraft. Inzwischen war eine Partie der neuen kleinen Lichtspender dennoch in die Welt gekommen und hatte, weil im Vaterland absolut nicht verwendbar, nach Frankreich und England den Weg gefunden. Nicht lange nachher maßte sich ein Sohn Albions, der Apotheker Walter in Stockton, das Verdienst der Erfindung an und begann die nachgemachten Reibzündhölzer zu versenden. Es entstanden nach und nach im Auslande zahlreiche Fabriken, die fremden Staaten bemächtigten sich der neuen Industrie, die Hölzchen fanden Absatz, wohin sie kamen, und zuletzt, als alle Welt sich der neuen Erfindung bediente, mußte auch die deutsche Polizei, weil sie nicht mehr anders konnte, die Anfertigung freigeben. Mittlerweile hatte Kammerer die Freiheit, zuzusehen, wie die Frucht seines Fleißes von fremden Leuten geerntet wurde. Niemand anerkannte sein Recht, und als er selbst in die Lage kam, fabrizieren zu dürfen, hatte er keinen Erfolg, denn jedermann konnte konkurrieren, die Art der Fabrikation war längst ein öffentliches Geheimnis, Johann Friedrich Kammerer, der durch seine Erfindung zu den größten Wohltätern der Menschheit zählt, starb 1857 in seiner Vaterstadt Ludwigsburg – im Irrenhause!

*

Die Fledermaus.

Unter den einheimischen Säugetieren, welche Felder und Wälder schützen und behüten, verdienen die noch so vielfach verkannten Fledermäuse vor allen geschont zu werden. Trotzdem die etwa achtzehn in Deutschland einheimischen Arten derselben zu den eifrigsten Insektenvertilgern gehören, verfolgt und tötet man sie aus Aberglauben und Unverstand nur zu oft. Ist die Fledermaus doch ein Tier, das schon seit dem Altertum (z. B. auch in der Bibel) als unrein und verflucht gilt. Und zu diesem Vorurteil hat nur ihr unschönes Aussehen und ihr nächtliches Treiben Anlaß gegeben. Denn der kahle, mausartige Körper, die oft merkwürdig gestalteten Anhängsel von Nase und Ohr, die langen, mit großen Krallen versehenen Finger mit den dazwischen ausgespannten schwärzlichen, nackten Flughäuten, dazu das geheimnisvolle Flattern während der Dämmerung, ihr Aufenthalt an versteckten Orten usw. sind wirklich dazu geeignet, dem oberflächlichen Beobachter Widerwillen einzustutzen. Und doch braucht solch Tier zu seiner Lebensweise den abenteuerlich gestalteten Körper. Denn gerade die bewunderungswürdig zarte und nervenreiche, daher mit äußerst feinem Gefühl ausgestattete Flatterhaut, welche die vier sehr langen, krallenlosen Finger der Vorderfüße miteinander verbindet und sich ebenso zwischen ihren Vorder- und Hinterbeinen, wie zwischen letzteren und dem Schwanz ausspannt, dient jenen Dämmerungstieren nicht bloß zum Fliegen, sondern auch zum Erlangen und Packen ihrer Nahrung, welche hauptsächlich in allem des Nachts umherfliegenden Ungeziefer (Nachtschmetterlingen, Käfern und dergl.) besteht. Sie gebrauchen nämlich die Flughaut sehr oft als Fangnetz, um damit ihre Beute desto sicherer im Fluge zu erhaschen. Dann suchen sie dieselbe mit dem zum Insektenfang trefflich eingerichteten Maul aus den Falten der Flughaut hervor. Deshalb sieht man die Fledermäuse sehr oft, wenn auch nur für einen Augenblick, im Fluge innehalten und mit halb eingezogenem Flügel eine kleine Schwenkung machen. Ist man ihnen dann nahe genug, so hört man sie darauf, besonders wenn sie ein hartes Insekt gefangen haben, deutlich mit den nur zum Kerbtierfressen eingerichteten spitzen Zähnen knirschen, weil sie nun die Beute zerkauen.

Sehr notwendig ist ihnen bei der Jagd nach Insekten zugleich das höchst feine Gehör. Die Schärfe desselben richtet sich bei allen Tieren mit nach der Größe des Gehörganges und des äußeren Ohres (Ohrmuschel). Bei den Fledermäusen ist letzteres verhältnismäßig größer als bei allen übrigen Säugetieren, da es manchmal sogar die Länge des Kopfes übertrifft. Haben die Flattertiere auch sehr kleine Augen, so schadet ihnen das nichts; sie finden des Nachts, wenn ihnen überhaupt selbst große und scharfe Augen nicht viel nützen würden, mit Hülfe ihres feinen Gehörs und des ausgezeichneten Tastsinns genug jener kleinen Nachtfalter, Mücken, Motten und dergleichen. Und wer anders als die Fledermäuse sollte dieses nächtliche Ungeziefer vertilgen? Den insektenfressenden Vögeln entgeht es ja meist, weil es tagsüber wohlverborgen still sitzt. Daher würde selbst eine noch so große Anzahl solcher Vögel, auch wenn sie wirklich vorhanden wäre (während sie es schon seit langer Zeit nicht mehr ist), noch keineswegs imstande sein, die Tätigkeit der Fledermäuse entbehrlich zu machen.

Dabei ist die Gefräßigkeit dieser Tiere, ähnlich der der meisten insektenfressenden Räuber überhaupt, erstaunlich groß. Es wurde beobachtet, wie eine im Zimmer gehaltene größere Fledermaus zu einer Mahlzeit acht, zehn, zwölf und noch mehr Schmetterlinge oder eben so viele Mai- und andere Käfer bedurfte. Allerdings verzehrt sie, wie andere kleine Insektenfresser, nur die weichen Teile ihrer Beute und wirft Flügeldecken, Beine und dergl. weg. Aber eben diese Notwendigkeit erfordert bei allen solchen Tieren den Verbrauch einer desto größeren Masse von dem Ungeziefer, welches sie vernichten.

Wie bedeutend der Nahrungsverbrauch der Fledermäuse und daher ihr Nutzen ist, andererseits aber, welcher große Schaden namentlich in Waldungen, wo sie fehlen, entstehen kann – das zeigte sich zu Anfang des vorigen Jahrhunderts in Hanaus Umgebung. Dort wurden damals in einem harten Winter einige tausend alte Eichen niedergeschlagen. In den hohlen Stämmen und Aesten überwinterten die Fledertiere. Bei dem Zersägen und Spalten der Bäume kamen die Vögel teils vor Kälte um, teils wurden sie mutwillig umgebracht. Die Folge hiervon war eine rasche Zunahme der Raupen einer sehr berüchtigten Art von Nachtschmetterlingen, des Prozessions-Spinners. Vor dem Fällen der Eichen hatte man wenige von den Raupen bemerkt, weil die Fledermäuse die Mehrzahl der zur Nachtzeit umherschwärmenden Schmetterlinge weggefangen hatten, ehe die Weibchen derselben Eier hatten legen können. Nach dem Fällen aber nahmen sie in rascher Steigerung zu, so daß nach einigen Jahren meilenweit umher erst die Eichenwälder und nachher noch eine Menge anderer Wald- und Gartenbäume von ihnen kahl gefressen wurden und unzählige Bäume ganz zugrunde gerichtet waren.

*

Ein gefährlicher Fisch.

Wenn man den Berichten aufmerksamer Reisenden glauben darf, dann besitzt Brasilien in der Piranha (nach einem Fluß so genannt) einen Sägefalmler (Serrasalmo Piranha), der trotz seiner Kleinheit, er wird nur etwa 12 Zoll lang, dem gefürchteten Hai an Gefährlichkeit nicht nachsteht. In den inneren Gegenden Brasiliens – so schreibt ein Forscher –, wo die Bewohner aller Rassen an die vielfältigsten Gefahren gewöhnt sind, welche das Leben der Waldläufer darbietet, ist die Tigerjagd ein Spiel, der Kampf mit den Alligatoren ein gewöhnlicher Zeitvertreib, das Zusammentreffen mit der Boa oder einer Klapperschlange ein häufiges Ereignis, so daß die Gewohnheit hier gelehrt hat, alle diese Gefahren kaum zu beachten. Spricht man ihnen aber von der Piranha, so steht man Entsetzen sich in ihren Gesichtern malen, weil in der Tat die Piranha das furchtbarste Tier dieser Wildnis ist. Selten hält ein angeschwollener Strom die Schritte des Jägers auf, aber selbst der Unerschrockenste wagt es nicht, das nur wenige Klafter entfernte jenseitige Ufer zu gewinnen, sobald er die Piranha in dem Wasser vermutet. Bevor er die Mitte des Flusses noch erreicht, würde in diesem Falle sein Körper durch Tausende der schrecklichen Tiere in wenigen Minuten zu einem Skelette gleich dem Präparate eines anatomischen Museums umgewandelt werden. Die Gier der Piranhas wurde denn auch in der Tat von den Indianern am Orinoco ehemals dazu benutzt, ihre Toten, deren Skelette sie aufbewahrten, präparieren zu lassen, indem sie die Leichname eine Nacht im Flusse aufhingen. Man hat erlebt, daß kühne Jäger in solchen Lagen sich dem Hungertod eher überließen, als sich einer Gefahr aussetzten, gegen welche weder Kraft noch Mut etwas ausrichten konnten. Selbst von Ochsen, Tapiren und anderen großen Tieren, welche an solchen Stellen ins Wasser gingen, wo die Piranha häufig ist, ließen deren messerscharfe Zähne nach wenigen Minuten nur Skelette übrig. Diese Fische fallen über alles Lebendige her, das in ihren Bereich kommt; selbst Unken und Krokodile erliegen ihnen regelmäßig; nur die Fischotter allein, die unter ihrem langen, dichten Haare durch eine filzartige Decke geschützt ist, soll die Piranhas in die Flucht treiben. Zum Glück für die Bewohner jener Gegenden lieben diese gefährlichen Fische nur stillere Gewässer, und wer nur einigermaßen mit ihrer Lebensweise vertraut ist, kann ihnen leicht aus dem Wege gehen. Trotz der Fährlichkeit, welche die von Piranhas bewohnten Gewässer bieten, scheuen sich die Eingeborenen nicht, ihnen als Nahrungsmittel nachzustellen, indem sie die blinde Gier, mit welcher diese Fische nach jedem Köder haschen, sofern derselbe nur ein fleischartiges Aussehen hat, als Mittel beim Angeln benutzen.

*

Neues Leben.

Im Jahre 1883 wurde die in der Sundastraße gelegene Insel Krakatao durch ein gewaltiges Erdbeben zerstört. Sie wurde, soweit sie nicht überhaupt in der Meerestiefe versank, total von einer Aschen- und Bimsteinschicht bedeckt, die stellenweise bis 60 m dick war, nirgends aber weniger als einen Meter. So war das Eiland, vorher von einer üppigen tropischen Vegetation überwuchert, ein absolut totes Gestein geworden, aus dem jede Spur von Pflanzen- und Tierleben vernichtet, jeder Lebenskeim erloschen war. Das durch die alles überdeckende Staubschicht hindurch je ein einziger Keim wieder zum Lichte gelangen und neues Leben entwickeln könnte, war gänzlich ausgeschlossen, ganz abgesehen davon, daß die enorme Hitze der Lavamassen jedes organische Leben ertöten mußte. Aber schon drei Jahre später konnte der Botaniker Dr. Treub, der 1888 die Insel bereiste, feststellen, daß sich auf ihr die Anfänge einer neuen Flora zeigten. Und als er 1893 wieder zu der Insel kam, fand er bereits eine Menge Pflanzen vor, darunter den Schraubenbaum (Pandanus) mit seinem auf einem Gerüst von Luftwurzeln ruhenden Stamm und seinen wohlriechenden Blüten, sowie die nie fehlende Kokospalme. Wo war diese neue Lebewelt hergekommen, die nicht aus dem erstorbenen Felseneiland hervorsprießen konnte? Treub stellte fest, daß überall auf dem harten Steinboden die mikroskopisch kleinen Keime, die sogenannten Sporen, von Fadenalgen, namentlich der allgemein verbreiteten Gattung Lyngbya, sich befanden. Sie haben die Fähigkeit, den härtesten Stein zu durchsetzen und so den Boden zur Aufnahme weiterer Keime höher organisierter Pflanzen vorzubereiten, die ersten Anfänge einer Humusschicht zu bilden. Sie vermehren sich in erstaunlichem Maße, überziehen die ganze Fläche mit einem grünen, gelatinösen Häutchen, das bald einen genügenden Nährboden für die Sporen von Farnkräutern hergiebt. Treub fand 11 Arten Farne, darunter den überall heimischen Adlerfarn, die Farne wiederum bereiten den Boden für noch höher organisierte Gewächse vor; schon 1886 hatte Treub einige Blütenpflanzen ganz vereinzelt auf Krakatao beobachten können, und 1895 zählte er 15 Arten, davon 7 Arten tropischer Küstenpflanzen und 8 Arten verhältnismäßig wenig verbreiteter Binnenlandsgewächse. Die Algen und Farne sind von günstigem Winde über das Meer getragen worden, von Sumatra her, das 32 km entfernt liegt, von Java her, das 34 km weit ist, von dem zunächst gelegenen Inselchen Sibesie her, daß nur 16 km ab ist. Die Keime und Früchte der höheren Pflanzen müssen, sofern man nicht annehmen kann, daß Vögel sie verschleppt haben, von günstigen Meeresströmungen schwimmend hinübergelangt sein, die Brandung hat sie vielleicht bis auf die Höhe des Felsplateaus geworfen, das bis 800 m aufsteigt. Viele Samen, besonders aber die Kokosnüsse, können monatelang im Seewasser schwimmen, ohne zu verderben und ihre Keimfähigkeit einzubüßen, Regelmäßige Winde und regelmäßige Meeresströmungen herrschen überall in den Tropen vor und unterstützen die Wanderung solcher Pflanzenkeime. Darwin hat auf den Keeling-Inseln fast nur Pflanzen gefunden, die vom malayischen Archipel herstammten, und der ist 3-4000 km entfernt, so daß selbst auf eine so gewaltige Entfernung hin sich organisches Leben auf Eilanden zu entwickeln vermochte, die, wie etwa die Korallenriffe, als nackter, toter Stein aus dem Meere ausgestiegen sind.

*

Gestohlene Schätze.

Eine ungefähre Vorstellung von der Größe der Plünderung, welche Pizarro, der rücksichtslose Eroberer, in Peru betrieb, erhält man aus den hinterlassenen Berichten eines Sekretärs Garcia de Heres. Er schreibt: »Am 5. Dezember traf in Sevilla das erste der vier Beuteschiffe ein. Auf ihm befand sich der Kapitän Christoval de Mena, welcher 8000 Pesos in Gold und 950 Mark Silber mitbrachte. Auch ein Geistlicher, ein Eingeborener Sevillas, namens Juan de Losa, befand sich an Bord und brachte 6000 Pesos in Gold und 80 Mark Silber mit. Außerdem enthielt das Schiff 38 948 Pesos. Im Jahre 1535, am 9. Januar, traf das zweite Schiff, die »Santa Maria de Campo« mit dem Kapitän Hernando Pizarro, dem Bruder des Gouverneurs und General-Kapitäns von Neu-Castilien, ein, In diesem Schiffe kamen für Seine Majestät 150 000 Pesos in Gold und 5048 Mark Silber. Außerdem brachten verschiedene Passagiere und Privatpersonen 310 000 Pesos in Gold und 13 500 Mark Silber. Dieser Schatz kam in Barren und in Platten und in Stücken Gold und Silber in großen Kisten. Zu alle diesem brachte das Schiff für Seine Majestät

38 Vasen von Gold und 38 von Silber, darunter befand sich ein silberner Adler. In seinem Körper befanden sich zwei Vasen und zwei große Töpfe, der eine von Gold, der andere von Silber, und jeder war so groß, daß er eine in Stücke geschnittene Kuh zu fassen vermochte. Ferner befanden sich darunter zwei Fässer von Gold, von denen jedes zwei Fanegas Weizen fassen konnte; ein goldenes Götzenbild von der Größe eines vierjährigen Kindes und zwei kleine Trommeln. Die anderen Vasen waren von Gold und Silber und jede imstande, zwei Arrabas und mehr zu fassen. Am 3, Juli desselben Jahres kamen zwei andere Schiffe an. Der Kapitän des einen war Francisco Rodriguez, und der des anderen Francisco Pabon, Sie brachten 146 518 Pesos in Gold und 30 500 Mark Silber, den Passagieren und Privatpersonen gehörig. Ohne die zuvor erwähnten Vasen, Gold- und Silberstücke zu rechnen, betrug die Totalsumme des von diesen vier Schiffen nach Spanien gebrachten Goldes 708 580 Pesos,« In unserem Gelde etwa 54 Millionen Mark, das Geld fand schnell seinen Weg in die Schatzkammern der Großen. Heute ist Spanien ein unter der Pfaffenherrschaft blutendes, ein armes, von unzähligen Schmarotzern ausgesogenes Land.

Über tredition

Eigenes Buch veröffentlichen

tredition wurde 2006 in Hamburg gegründet und hat seither mehrere tausend Buchtitel veröffentlicht. Autoren veröffentlichen in wenigen leichten Schritten gedruckte Bücher, e-Books und audio-Books. tredition hat das Ziel, die beste und fairste Veröffentlichungsmöglichkeit für Autoren zu bieten.

tredition wurde mit der Erkenntnis gegründet, dass nur etwa jedes 200. bei Verlagen eingereichte Manuskript veröffentlicht wird. Dabei hat jedes Buch seinen Markt, also seine Leser. tredition sorgt dafür, dass für jedes Buch die Leserschaft auch erreicht wird.

Im einzigartigen Literatur-Netzwerk von tredition bieten zahlreiche Literatur-Partner (das sind Lektoren, Übersetzer, Hörbuchsprecher und Illustratoren) ihre Dienstleistung an, um Manuskripte zu verbessern oder die Vielfalt zu erhöhen. Autoren vereinbaren direkt mit den Literatur-Partnern die Konditionen ihrer Zusammenarbeit und partizipieren gemeinsam am Erfolg des Buches.

Das gesamte Verlagsprogramm von tredition ist bei allen stationären Buchhandlungen und Online-Buchhändlern wie z. B. Amazon erhältlich. e-Books stehen bei den führenden Online-Portalen (z. B. iBookstore von Apple oder Kindle von Amazon) zum Verkauf.

Einfach leicht ein Buch veröffentlichen: **www.tredition.de**

Eigene Buchreihe oder eigenen Verlag gründen

Seit 2009 bietet tredition sein Verlagskonzept auch als sogenanntes "White-Label" an. Das bedeutet, dass andere Unternehmen, Institutionen und Personen risikofrei und unkompliziert selbst zum Herausgeber von Büchern und Buchreihen unter eigener Marke werden können. tredition übernimmt dabei das komplette Herstellungs- und Distributionsrisiko.

Zahlreiche Zeitschriften-, Zeitungs- und Buchverlage, Universitäten, Forschungseinrichtungen u.v.m. nutzen diese Dienstleistung von tredition, um unter eigener Marke ohne Risiko Bücher zu verlegen.

Alle Informationen im Internet: **www.tredition.de/fuer-verlage**

tredition wurde mit mehreren Innovationspreisen ausgezeichnet, u. a. mit dem Webfuture Award und dem Innovationspreis der Buch Digitale.

tredition ist Mitglied im Börsenverein des Deutschen Buchhandels.

Dieses Werk elektronisch lesen

Dieses Werk ist Teil der Gutenberg-DE Edition DVD. Diese enthält das komplette Archiv des Projekt Gutenberg-DE. Die DVD ist im Internet erhältlich auf **http://gutenbergshop.abc.de**